Edna O'Brien

In langen Nächten

Edna O'Brien

In langen Nächten

Roman

Aus dem Englischen
von Momo Edel

Rotbuch Verlag

Sie weilt fern von dem Land
in dem ihr junger Held schläft.
Lied

Die *Hooligans* waren ursprünglich eine temperamentvolle irische Familie, die gegen Ende des 19. Jahrhunderts durch ihr Verhalten die düstere Monotonie des Lebens in Southwark belebte.
E. Weekley

Für die Jungs – Carlo, Sasha

Eines Tages in der Mitte der Nacht haben zwei Tote einen Kampf gemacht. Zwei Blinde gafften und schrien nach mehr, zwei Krüppel holten den Pfarrer her, zwei Trottel schrien: Macht zu!

So ist das eben. Verkehrte Welt. Durchwoben von Blut, Lumpenschnüren und alten Hautfetzen. Meilensteine, Grabsteine, Wetzsteine und Spiegel. Spiegel, die nicht zum Hineinblicken gedacht sind, sondern zum Befragen und zum Rätselraten. Wir hatten eine Glasscherbe, mit der wir das Feuer der Sonne einzufangen versuchten. Sie wurde vermutlich Brennglas genannt. So wenig und doch so verdammt viel. Ein halbes Leben lang. Gefühlt, gesehen, gehört, nicht richtig gefühlt, nur knapp gesehen, kaum gehört, und doch steckt es noch in mir, klappert es, wie verklingende Schritte oder ein herumstolzierender Graf Dracula.

Ich liege in einem Bett, sogar einem Himmelbett mit einem Kopfteil aus Satin und Rädern. Unter dem Bett schauen Tatzen hervor, wetteifern um ein Händeschütteln, mal mit, mal ohne Handschuhe. Je mehr ich mich um Schlaf bemühe, desto mehr entzieht er sich mir. Ich winke ihm flehentlich zu. Manchmal scheint er mich fast zu erreichen, dann verschwindet er wieder, wie ein Wolkengebilde oder ein Rollschuhfahrer. Ich habe natürlich auch bessere Zeiten gesehen – die glücklichen Tage,

Ringe, Ringellöckchen, das *Asche-von-Rosen*-Parfüm, Scheiße, Sahne, Nachmittagstee, Scones, Serge-Anzüge, tiefe Zuneigung und all das. Ich hatte einst eine große Schwäche für Gefühle. Inzwischen empfinde ich für die Frau im Zug, die an fliegender Hitze litt, dasselbe wie für Lil, die Frau, die mich geboren hat.

Draußen ist es stürmisch. In der gelegentlichen Windstille glaube ich, eine Eule zu hören. Die Autos höre ich natürlich immer, ihr Dröhnen in der Entfernung. Es könnte eine Eule sein, weil wir uns am Stadtrand befinden und es hier Bäume zum Nisten gibt. Auch sie knarren und ächzen. Ich zähle Schafe, aber sie purzeln übereinander, und ich sehe nur ihre geröteten Hinterteile mit dem grauen Fell. Und was den Trick mit dem Zählen von Äpfeln angeht, er ist zu verspielt, zu anstrengend. Irgendwie muß man die Zeit doch herumbringen, diese Stunden der Freizeit, des Ausruhens. Den aufgetrennten Sorgenfaden verstricken. Jesus, eimerweise Zeit, in die man die Hand hineinsteckt, tief hinein, bis zum Ellbogen, bis es so scheint, als stecke man die Hand in einen Abgrund. So vergeht langsam die Zeit, wenn sie denn vergeht. Und doch saust das nächste Weihnachtsfest schon heran, das Geben und Nehmen, der Weihnachtspunsch, das Schlemmen unter dem schmarotzerischen Mistelzweig. Nur die einzelnen Minuten sind hart.

Ich kannte einmal einen Mann, für den war die Zeit wie Brotlaibe. Er tat sich an ihr gütlich, schlemmte, platzte fast, verlor den Geschmack daran und wurde statt dessen zum Säufer. Ich kannte einen anderen, der Eier in seiner Hand zerquetschte. Für ihn zählte nur dieses Geräusch, dieses knirschende Geräusch, wenn er die Eier in seiner Faust glucksen ließ. Er formte sie wie Schneebälle und warf sie nach demjenigen, der ihm als erstes über den Weg lief. Ein Schwachkopf. Ich kannte sie alle. Die Schwachköpfe, die Pilger, die Gelehrten und die schuppenäugigen Barden, die schwafelten und Lieder anstimmten, um ihren Anteil an Mösen abzukriegen. Davon später mehr.

Ich habe die Vorhänge zugezogen und die alte Klausilie fest geschlossen. Es sollte also sicher genug sein, könnte man annehmen. Ich nehme eine Tablette, breche sie entlang der Mittellinie entzwei und schlucke eine Hälfte davon mit ein wenig Wasser aus den Malvern Hügeln. Ich hatte schon immer eine Vorliebe für das Wasser des Frühlings, glitzerndes Wasser und Störlaich. Ich lege mich nieder mit Gott, ich lege mich nieder ohne Gott. Begebe mich in die Umarmung des Schlafes. Oh, Connemara, oh ihr süßen, malvenfarbigen Hügel, wohin werde ich gehen, und wohin werde ich nicht gehen?

Nirgendwohin, verdammt noch mal.

Ich sage sieben und glaube, daß es etwas zu bedeuten hat. Die Zahl gleitet über die Seite, oder über die Tafel oder über den Himmel, oder den sägemehlbedeckten Boden. Obwohl sie für mich eine Bedeutung hat, z.B. als Preis für eine Spritztour, oder auf welches Fohlen ich setzen soll oder die Dauer einer Reise, die unmittelbare Reise meine ich, sagt sie mir nicht, was ich wissen muß. Nicht daß ich etwa wüßte, was ich wissen muß. Nicht, daß ich es weiß. Ich bin eine Frau, jedenfalls wird mir das eingeredet. Ich blute und so weiter. Und all diese Geräusche, diese Seufzer, dieses Murmeln, diese versteckten Anspielungen und dieses Ausströmen, dieses »Komm her« und dieses

Gurren strömen brav aus mir hervor, wie kleine bunte Wimpel. Ganz zu schweigen von den eher bukolischen Lauten, die man in stiller Reserve hält, der auserwählten Feuchtigkeit der Gebärmutter, die mit so vielen anderen geliebäugelt hat. Durch Glucksen, Nuancen, Melodien, Liedchen und eindeutiges, gemurmeltes Flehen. Darin war ich sehr gut. Wie gesagt, ich kannte Barden und Kesselflicker. Am Straßenrand. Sie haben mir manche Geschichte erzählt und manches Garn gesponnen. Sie schwindelten ebenso häufig, wie sie die Wahrheit sagten. Ich habe ihnen die Füße gebadet, sie gesalbt, gegrübelt, bin im Dunkeln getappt. Suchte nach Sternbildern, fand den Großen Wagen und die Milchstraße und sagte ganz rührselige Dinge. Es gibt so viele Straßenränder, daß man sie manchmal mit der wirklichen Straße verwechselt.

Ich hatte Beziehungen, Techtelmechtel, wunderbare Zeiten, fröhliche Zusammenstöße. Alle so unerträglich vorhersagbar wie die Tonleiter. Sie lösten einfach diese Unruhe aus, der Laich im Frühling, das Ja-Nein, der Boogie-Woogie. Das Ergebnis waren noch mehr verdammte Geburten oder noch mehr verdammte abgebrochene Schwangerschaften. Und siehe da, ein Bevölkerungsproblem. Lösung. *Nota bene.* Ein harter Schwanz aus Ebenholz wird fest in die jungen Mädchen gesteckt, und all die anderen, also die arme, männliche Ausschußware, hängen an einer Wäscheleine. Weiß, blutlos, jovial, gehorsam zwitschernd hängen sie dort und flattern vielleicht ein bißchen, wie Spatzen, Socken, Faultiere oder saubere Wäscheklammern. Hosianna.

In Coose hatten wir eine Wäscheleine. Wir hatten sogar zwei. Eine grenzte an die hintere Küche und war ideal für kleine Dinge wie Geschirrtücher, Schlabberlappen und

Lätzchen. Die andere befand sich etwas weiter entfernt auf einem Hügel mitten im ständigen Wind. Sie diente uns zum Aufhängen der Bettücher, Decken, Überdecken, Daunendecken, Kissenbezüge, Nackenrollenhüllen und der schwermütigen langen Unterhosen von Boß. Wegen der starken Passatwinde war es ein recht gefährlicher Ort. Die Wäsche flatterte, und Lil rannte oft hinaus, um Sachen vor dem ersten Ansturm des Regens und des Hagels zu retten. Beide waren für ihre Häufigkeit und ihre Geschwindigkeit bekannt. Es erinnerte ein bißchen an das Meer, obwohl es grün war und es Dickicht gab. Und verschiedene Feldblumen in den entsprechenden Monaten. So liege ich hier und denke an diesen Ort. Verdammt noch mal. Als ob es nichts anderes gäbe, als ob es niemand anderen gäbe. Die eigenen Verwandten. Boß, Lil, Tutsie und den unnachahmlichen Dr. Flaggler. Es gibt kein Vergessen, weder innen noch außen. Das ohnmächtige kleine Herz schlägt im Takt, manchmal auch ohne Takt. Eine Note ernster Musik, ein Refrain, der für immer in dir steckt und singt: Deine Mutter, Dein Vater, Dein Gatte, Dein Sohn, Du selbst. Auch andere, aber niemals der Pöbel, niemals genug vom Pöbel. Ich habe einige abstoßende Briefe geschrieben – »Du hast mein Herz berührt, du hast meine Möse berührt, und ich habe deine berührt.« Und so weiter und so fort. Verzehrend, übertrieben süßlich, verunglimpfend. Ich habe keines dieser Schreiben abgeschickt, denn etwas so Albernes zu tun, ohne direkt zu sterben, wäre die dümmste meiner vielen dummen Handlungen gewesen. Ich habe sogar schriftlich hinterlegt, daß ich auf einer Insel in der Nähe von Coose begraben werden möchte. Ein trauriger Ort, der von kabbeligen Wassern umgeben ist und von einem Paar unfruchtbarer Schwäne beherrscht wird.

Oder sind es Gänse? Die Genehmigung dafür hängt vom Wohlwollen der Geistlichkeit und der Schlachtersfrau ab, die dort die Weiderechte *ad infinitum* gepachtet hat. Die Merkmale dieser Insel sind Gräber, Grabhügel, Gruften, Felsbrocken, ein runder Turm, Fäkalien, giftige Pilze und Ochsen, die sich kratzen und mampfen und wiederkäuen. An frostigen Morgen ist es bestimmt erfreulich, ihre Ausdünstungen und die zahlreichen aufsteigenden Nebel zu betrachten. Die Blumen, die zu Eis erstarrt sind, die prächtigen Grasbüschel, der gesprenkelte Schimmer der Grabsteine und die Disteln, die die Insel wie gestärkte Kokarden beherrschen. Aber es ist nur eine Vermutung, daß ich dort liegen möchte, wo es mir doch unmöglich ist, irgendwo in dieser Umgebung zu leben. Vielleicht stelle ich mir den Tod auch als Apotheose der Einsamkeit vor, um eine geringere Einsamkeit zu beseitigen, Macht, Schwäche und die Ketten, die mich an kleine und große Städte gefesselt haben. Wo ich vergaß, daß sich unter dem riesigen Komplex von Beton, Kanalisation, Schutt und Unkraut, Zigarettenkippen, Gittern und Scheiße in Wirklichkeit Erde und fließendes Wasser befinden. In jener Hauptstraße richten die Reifen verheerenden Schaden mit dem Kot an, besonders die Doppelreifen der Lastwagen und Möbelwagen. Oft sage ich mir: »Ach, endlich da hinein versinken, ja sagen statt nein zu diesem uns umgebenden Gestank und Geschmier.« Auf Wiedersehen, ihr Gänseblümchen, und du, Plankton, lebt wohl, Singdrossel, Misteldrossel und weiße Drossel. Es ist die Moral des Misthaufens, nicht wahr? Ein weiterer Punkt, der meine Entscheidung zugunsten der Insel beeinflußt haben könnte, ist ihre Abgeschiedenheit. In Wirklichkeit will ich gar nicht bei meinen Verwandten liegen. Ein weiterer Schlag für König James und das Grün. Ich will bei niemandes Verwandten liegen. Es lebe König Billy. Ich habe kein Bedürfnis, auch nicht im Sabber des Sterbebetts, mit anderen Menschen, die mich nervös machen und umgekehrt, in einen Topf geworfen zu werden. Man denke nur an die Zärtlichkeiten, die wir vortäuschen müßten, und an die sich daraus ergebenden Herzlichkeiten. Das Zungenschnalzen, Händeschütteln, Knochenschütteln, um einigermaßen friedlich für lange Zeit, vielleicht für immer miteinander auszukommen. Vielleicht. Ich möchte endlich alleine sein, dieser dummen, eiternden Krankheit, die Hoffnung genannt wird, beraubt. Nicht das Mitglied einer Gemeinschaft von Heiligen, Göttern, Halbgöttern, Vätern, Müttern, Großvätern, Großmüttern, Brüdern, Schwestern oder Klosterbrüdern zu sein. Es gibt keine Gemeinschaft, die für mich durch Blutsverwandtschaft, Verbundenheit oder irgendeine Form von linearer, grammatikalischer oder sonstiger gegenseitiger Bindung von Belang wäre. Mich endlich dieser Situation stellen. Ganz allein zu sein. Meine ich das ernst? Offensichtlich nicht. Ich sehe mich immer noch um, auf der Suche nach Freunden, Brieffreunden, Thekenfreunden, Spießgesellen jeder Art, vorausgesetzt, sie wissen, was sie sich erlauben dürfen, bleiben auf Distanz, bleiben an der Leine, lassen meiner Seele ihren Panzer und mir meinen Klagegesang.

Einmal kochte ich Marmelade ein und erblickte meinen Sohn Tutsie, der durch das Schultor kam. Ein Nachzügler, fast immer der letzte, immer irgendwo herumtrödelnd. Inzwischen ist er ein großer Junge. Ihm gehört ein Viertel von einem Jeep, und er reist um die Welt. Er wollte Orte finden, die noch niemand entdeckt hatte. Er war schon immer wortkarg. Er liebte Tiere und konnte gut mit ihnen umgehen. Einmal blieb er im Zug, kauerte sich auf den Boden nieder, nur um einen Dackel streicheln zu können. Nachdem er seine erste Tonsur bekommen hatte, erzählte seine Schädeldecke von früheren Massakern und Völkermorden, wenn ich ihm die Mütze aufsetzte. Später sprossen auf seinem Kopf Haarbüschel, die wie Zahnbürsten aussahen. Und dann begann sein Haar in Ringellöckchen zu wachsen. Lange blonde Locken. Ich habe diese Locken und seine Milchzähne in einer kleinen Tasche für seine Kinder aufgehoben. Ich freue mich schon auf sie. Die Tasche befindet sich mit dem Rest meiner Habe in einer Decke. Mutterliebe ist wie Hefe, die Pilze vermehren sich und erheben sich über den Rand der Welt. Es ist zuviel. In den öffentlichen Parks pinkelte er in hohem Bogen mit den Springbrunnen um die Wette. Die Hausmeister und Wächter jagten uns fort. Diese miesepetrigen Menschenwächter und Hausmeister und all diese Autoritätspersonen. Hier bin ich die Autoritätsperson, aber das ist unbedeutend.

Einmal in der Woche kaufte ich ihm ein Eis am Stiel. Das war am Donnerstag. Alle Donnerstage sind zu einem einzigen verschmolzen, die Donnerstage seiner Kindheit, meine und vielleicht ihre? Ringel ringel Reihe, wir sind der Kinder dreie und machen alle husch husch husch. Das Eis färbte seine Lippen rot, lief ihm am Kinn hinab und tropfte auf den Stoff seines Dufflecoats. Und dann schoß seine Zunge blitzschnell hervor, um das Rinnsal abzulecken. Er leckte sogar seinen Mantel ab, jedenfalls das, was noch nicht vom Stoff aufgesaugt worden war. Wir gönnten uns ein Sorbet. Es blieb mir im Hals stecken. Die Körnchen ließen sich auf den Geschmacksnerven nieder und dehnten sich bis hinter die Nase aus, so daß der ganze

Mund vor Wonne kribbelte. Ich vermute, daß die Wiederbelebung als erstes im Mund zu spüren ist, der Kitzel des Lebens. Selbst nach heißhungrigem Verlangen wollen wir die erste mörderische Befriedigung wieder erleben. Zum Sorbet bekam man einen kleinen hölzernen Spatel, stabil genug, um die Zunge herunterzudrücken, aber viel angenehmer als das Gerät, das Dr. Rath benutzte, um Leute Aaaah sagen zu lassen. Es roch nach Zitronenhainen, dieses Sorbet, zumindest scheint es mir heute so.

Ich versuche, versuche es so sehr, mich zu erinnern – nicht, daß die Erinnerung etwas nützen würde. Aber mich an die damalige Zeit zu erinnern. An die Gesichter, die Kleider der Leute, an das, was ich selbst sah, was ich falsch sah, wenn ich in einen der vielen dunklen Spiegel unserer Schranktüren blickte. In jener dunklen Kolonie, die unser Haus war, unsere Heimstätte. Ich erinnere mich nur an wenige Dinge, nur an die Leichtigkeit des Sorbets, Kreppkleider, Gänsehaut und einen Gummiball, der von einem Hund so übel zugerichtet worden war, daß sein Inneres wie ein ausgefranstes altes Gehirn nach außen fiel. Ein Ball, ein Hund, ein Gehirn?

An den Dreschtagen gab es nicht genug Gabeln für alle, und manche Arbeiter, die törichten, mußten warten. Sie stellten sich krank, während die anderen ihr Essen gewissenhaft kleinhackten, bevor sie die unansehnlichen Utensilien weiterreichten. Ja, langsam tröpfelt die Erinnerung. Männer mit Kappen auf den Knien, Stoffkappen, spitzen Kappen, Sträußchen aus Heuhalmen. Merkwürdige Nachnamen wie Dowling oder Stack. Ein leichtes Schnauben, die zahlreichen Aberglauben, die lärmende Totenfee, der schwarze Mann. Die Gänse, die stets aufs Feld getrieben wurden, um die Reste zu essen, die sich mit ihren schwarzen Schwimmfüßen auf die Stoppeln stürzten, die alles verschlangen, um zu Weihnachten schön fett zu sein. Es muß Herbst gewesen sein, denn dann ist Erntezeit. Daran erinnere ich mich noch.

Daran, und an die Kornähren, die in einem Strahl die Rutsche hinunter strömten. Und die Männer, die geschäftig die Heugabeln schwangen, so daß die Spreu durch die Luft flog, während aus der Küche das Klimpern gespülter Gabeln ertönte, die in die muffige Schublade zurückgelegt wurden. Diese Ströme von Getreide, die irgendwie mit dem Himmel verbunden waren. Wie das Silber des Kelches und das graubraune Silber des Taufbechers, den der männliche Erbe der Familie zur Geburt erhielt. Silber und Gold, Evangelium und Stachelbeeren, und all die Schwierigkeiten damit. Die Vorzüge von Perltangmoos, dieser kalten Masse, die wackelte, wenn sie aus ihrer gewellten Form gekippt wurde. Die leise Beklommenheit. Und dann gab es noch die Hühner, die sich im Jakobskraut hin und her bewegten. Das Jakobskraut war mickrig, aber kräftiger als der Rasen. Der Kikeriki beherrschte das Land, soweit er blicken konnte. Nachmittage wurden zu Abenden und einem Tränenmeer. Warum, für wen? Abendlicht, manchmal phosphoreszierend, in fein gesponnenen Fäden, schmelzend, geschmolzen, wie Öl, wie Honig. Unmengen von Licht, das die beiden Welten miteinander verband. Jene Welt, in der wir Knüppel trugen, und jene, nach der wir strebten und für die unser ganzes Leben eine einzige verdammte Pilgerfahrt war.

Irgend jemand, das Klatschmaul Dowling, verkündete, daß ein Tennisplatz gebaut werden sollte. Ein fester Platz aus geteertem Schotter. Die Ladenbesitzer, der Steuereinnehmer und die Bankangestellten sollten sich nun an ihrem halben freien Tag in der Woche die Zeit vertreiben, indem sie im weißen Smoking einen Ball hin und her schlugen, während irgendein Lakai die Punkte zählte. Bauern sollte der Zutritt verboten sein. Als Boß das hörte, ließ er eine Tirade los. Er haßte Kränkungen. Sein Jähzorn steigerte sich, seine Wut flackerte auf, wodurch er gezwungen war, drei seiner Magentabletten zu schlucken, die er heftig zwischen den Backenzähnen zermalmte. Dann roch es überall nach Magnesium. Oh Boß, warst du nicht stets an der Grenze zu einem verheerenden Zornesausbruch? Du mit deinen beiden braunen Anzügen und den weißen Schienbeinen, die du beim Pflügewettbewerb in Glenstall allen zeigtest. An dem Tag, als du den Tritt bekamst. Den Tritt von der sich aufbäumenden Stute. Und weil er keine Gamaschen oder Galoschen trug, war er gezwungen, die Hosen hochzurollen, um nachzusehen, ob er verletzt war. In dem Fall müßte er Vergeltungsmaßnahmen ergreifen, einen Streit beginnen oder nach dem Gesetz rufen. »Unzucht«, sagte Boß. Es sei ein Spiel für Gecken und zur Beschäftigung der Angestellten. Es zu wissen und doch nicht zu wissen, das ist eine Sache des Lichtes. Licht. Mit einer weißen Schicht überzogen. Sich zu begegnen und doch nicht zu begegnen. Wie zwei Fahrradfahrer nachts im Dikkicht. Radfahrer, die in entgegengesetzte Richtungen fahren, die ohne Gruß, ohne ein Wort, ohne einen Ruf aneinander vorbeifahren. Sich nur an der Stärke oder Schwäche ihrer Lichter, ihrer Rücklichter zu erkennen. Oder, wenn diese nicht vorhanden sind, am Glanz der Speichen, der Schutzbleche oder der Griffe im Dunkel der Nacht. Unbekannt. Viele unserer Begegnungen verlaufen so. Selbst die leidenschaftlichen. Besonders die leidenschaftlichen. Den Samen meines Vaters reiche ich dir, wie du ihn mir einst reichtest. Bemitleidenswert, leidenschaftlich, idiotisch, mit geringem Erfolg. Was brachte uns dazu, uns auf diese Plünderei einzulassen? Ihr zur Schau gestellter, gewöhnlicher Hintern, die Spalte, die Spalte der Absurdität, in die wir uns begeben. Näher sind wir ihr nie gekommen. Du und ich? Du oder ich? Nur du und ich noch nicht? Ich schon, aber du nicht mehr? Eine Dreifaltigkeit von Halbstarken. Die Feuchtigkeit und Düsternis des Abendlandes. Was war die Ursache deiner Krämpfe? Ein Vollmond, ein Halbmond, überhaupt kein Mond, ein Hauch von Wahnsinn, Pflicht, Versöhnung, Durst? Irgend etwas? Krebse lieben weiche, schmierige Orte. Vielleicht sträubst du dich und stößt auf ihr schlimme Wörter aus wie »Eier«, »Dummkopf« oder »Irland«? Grunzend. Ich würde es dir zutrauen. Du Schamane! Ich hatte bereits eine verfluchte dunkle Vorahnung, ein Faible für Schande, Ärger und Benommenheit. Bereits eine Liturgie, bevor ich diesen dunklen, feuchten, tiefen heißen Ort betrete. In dieser Angelegenheit gibt es keine Wahl.

Und es ist noch ein weiter Weg zwischen Anhalten und Losgehen und dem Essen von Rosenkohl.

Weihnachten ist noch nicht lange vorbei. Es verging ohne besondere Vorkommnisse. Ich habe die Sakramente nicht empfangen. Ich bekam drei Geschenke. Ein Spitzennachthemd, wie geschaffen für lüsterne Nächte, einen Korb und ein Geschirrtuch, auf dem eine Charakterbeschreibung meines Sternzeichens steht. In günstiger Stellung bin ich großherzig, treu, schüchtern, strebe ehrenhaft nach Höherem. Liebe faire Verhandlungen und angenehme, freundliche Konversation. Bin wunderbar sinnlich, behandle ältere Menschen mit Ehrfurcht und bin voller Großzügigkeit und Güte. Wenn die Sterne ungünstig stehen, werde ich mein Erbteil verschleudern und jeden zwingen, mich zu betrügen. Dann bin ich heuchlerisch und versteife mich auf falsche Lehrsätze, bin dumm, sorglos, dick, schwer von Begriff und schismatisch.

Sollte ich jemals wieder ein Mitglied des anderen Geschlechts lieben oder vielleicht sogar ein Mitglied des eigenen Geschlechts, werde ich versuchen, nicht zu schnattern. Das wird mir nicht leichtfallen, weil ich unter Hühnern, Ochsen, Eimern, Wind, Wäscheleinen und Menschen aufgewachsen bin, die bis zum Verrücktwerden geschnattert haben. Aber selbst wenn mir das nicht gelingen sollte, werde ich meinen Geist für andere Dinge nutzen. Geist ist Geist, Bauch ist Bauch und Kalk ist Kalk.

Zuzusehen, wie sich eine Tür schließt, und zu wissen, daß der letzte Mensch hinausgegangen ist, hat etwas Verstörendes. Niemand, den man rufen kann, niemand, an den man sich klammern kann. Nicht einmal Humpty Dumpty oder Old King Cole. Ich greife nach vorne und befühle das Fell, das graue Fell der geräumigen Decke. Armenische Ziege, soweit ich das bei meiner flüchtigen Kenntnis der Tierwelt beurteilen kann. Ein Schicksalsschlag. Die Haare der Decke sind nicht stabil genug, um mich darin zu aalen, daran zu ziehen, mich darin zu suhlen. Sie geben nach. Sie lösen sich büschelweise unter meinen Fingern. Ich berühre die Wand hinter dem satinbezogenen Kopfteil. Poch poch. Sie ist nicht messerscharf, wie ich befürchtete. Aber etwas ist scharf. Etwas macht brumm brumm, wie der Rasenmäher des Herzogs, und schnipp schnipp, wie der blinde Dr. Rath, wenn er Wundfäden zog. Große, unvorteilhafte Stiche, damals, als Lil gebar. Schwarze Hexenstiche aus Katgut, einem Material, das aus Schafsdärmen gewonnen wurde, wie die Saiten einer Fiedel. Ich sehe ihr, bis auf ein besonderes Merkmal, ähnlich. Sie hatte einen grünen, treibenden Fleck im Weiß ihres Auges, einen hübschen kleinen Fleck. Sollte ich jemals neue Merkmale entwickeln, würde ich mich für einen Fleck entscheiden, der sich entlang der Augenwölbung leicht mit dem Blick bewegt. Kein leuchtendes Grün, eher ein verschwommenes. Ich glaube, ich konnte die Sirupflaschen erkennen, als ich mich noch in ihr, in ihren inneren Kammern, befand. Ich schrieb ihr und fragte, ob sie eine Ahnung, irgendeine Idee der genauen Farbe ihrer Eingeweide hätte, meinem ersten bekannten Aufenthaltsort. Ich dachte, daß sie vielleicht Vorschläge machen würde, weil sie ein solches Talent für Farbzusammenstellungen besaß, sei es bei der Auswahl des Linoleums, der Sandkuchen, der Tapeten, der Zierleisten und der Gestaltung von Wollteppichen, die sie in den langen Nächten herstellte. Ich erinnere mich an Farbstreifen, Zebramuster, rosa, manchmal grün, manchmal auch zu grün, auch zu rosa. Ich schrieb eine lange Liste, wurde ausschweifend, erwähnte auch Schattierungen. Ich stahl meine Ideen aus der Natur, nahm verschiedene Garnspulen zu Hilfe, eine Farbkarte, Samenkataloge und das luxuriöse Sanitätsgeschäft, in das ich manchmal gehe und vorgebe, am Kauf eines Badezimmers aus Topas interessiert zu sein. Ich gehe gerne dorthin. Ich verkleide mich mit geliehenen Kostümen und sehe darin aus wie ein feiner Pinkel. Ich schrieb ihr, ob sie vielleicht so extravagant sein möchte, einen Ausflug ins Erfinderische zu machen, ihren Gedanken freien Lauf zu lassen, vielleicht sogar zu lügen. Kaum hatte ich den Brief abgeschickt, wurde mir klar, was für ein Debakel ich angerichtet hatte. Meine Mutter ist tot. Und, um die Sache noch schlimmer zu machen, sie ist erst vor kurzem gestorben. Mir wurde bewußt, daß der von seinen Fahrten überlastete Briefträger, der ein Dummkopf und Blödmann ist, den Brief aus Gewohnheit ausliefern würde. Ich wußte, daß ihn seine Füße dorthin tragen würden und ein anderer Teil seiner zittrigen Anatomie das Schreiben aus seiner großen, grauen Leinentasche ziehen und er wie immer beim Anblick einer fremden Briefmarke sagen würde: »Der ist über das Meer gekommen.« Mir wurde klar, daß Boß angesichts der Ungehörigkeit, Unverschämtheit und Grausamkeit einer solchen Handlung völlig entgeistert sein würde. Und daß er nicht in der Lage sein würde, Stöcke und Steine zu werfen, wie sie Dick Studdard beworfen hatten. Das Wasser trennt uns. Es lebe das Wasser, das Heilwasser, Torfwasser, die einsamen Quellen, die Rinnsale, Seen, Flüsse, Ströme, Taufbecken und natürlich das Meer, in dem die Austern gedeihen.

Ihre Beerdigung war trotz Jammern und Wehklagen ein lustiges Ereignis. Die schwarz gekleideten Trauernden bildeten eine beachtliche Menge. Sie wurden schmerzlich von den Disteln gestochen, die dort massenhaft wuchsen.

Wir nahmen eine Abkürzung, um nicht die eingezäunten Wege laufen zu müssen. Beinahe so, als könnten wir sie nicht schnell genug in die Eingeweide der Erde bringen, wo sich Maulwürfe und Kobolde aufhalten sollen, die dort ihre komplizierten Bauten und Wege haben. Am Wegesrand stand an einen Baum gelehnt ein Fahrrad, ein Herrenrad, ein armseliges Modell, einfach dorthin geworfen. Einige der redseligeren Männer überlegten, wem es wohl gehören möge, und schlugen verschiedene Namen vor. Taufnamen, Nachnamen und Spitznamen. Aber sie kamen zu keinem Ergebnis und überlegten schließlich, warum der Eigentümer es wohl so zurückgelassen hatte, welche Aufdringlichkeit ihn dazu bewogen haben könnte. Sie einigten sich, daß er entweder eine Abkürzung genommen, einen Anfall bekommen hatte, eine Quelle finden wollte, um zu beten, oder sich aus bukolischen Gründen mit einer Frau niederlegen wollte. Vielleicht mit einer Kesselflickerfrau, einer verheirateten Frau, einem Tier oder ganz allein. Dann kam der Vorschlag, daß das Fahrrad ja auch von einer Frau gewesen sein könnte, die eines der genannten Dinge vorhatte oder ein uneheliches Kind zur Welt bringen mußte. Kein besonders respektvoller Gedanke. Je tiefer sie gruben, desto feuchter und röter wurde der Ton. Sie arbeiteten schnell mit ihren Spaten, machten pfeilförmige Einstiche. Natürlich gab es schöne Anzeichen der Trauer – Schlucken, Schniefen, Tränen, Schluchzen, die mit Taschentüchern oder anderen Gegenständen erstickt wurden. Ein junger Bursche kam des Weges, ein Kerl mit zwei verschiedenen Augen, der nach Schafen Ausschau hielt, die ihm davongelaufen waren. Fünf oder sechs. Verflucht noch mal, ein Kerl mit nicht zusammenpassenden Augen und kümmerlichem Einkommen sollte doch wohl wissen, ob er fünf oder sechs Schafe verloren hat. Als er den Sarg und die Trauernden erblickte, wurde ihm klar, in was er da hineingetappt war. Er kniete nieder, nahm seine Mütze ab und fragte, wessen Begräbnis es sei. In diesem entscheidenden Moment machte ich mich zur kompletten Idiotin und verhielt mich so: Ich sprang herbei, warf mich nieder, und weh mir, mir passierte ein weiteres, noch viel haarsträubenderes Ungeschick: Ich verstauchte mir dabei den Fuß. Ich brauche wohl kaum zu erwähnen, welcher Aufruhr darauf folgte. Alle reckten vor Aufregung die Hälse. Vielleicht tat ich es, um die Situation aufzulockern. Ich bezweifle es. Ich habe kein Talent für die Inszenierung von Komödien. Sie schrieben es der Trauer zu. Einige sagten, es wäre ein Anfall gewesen, andere sagten, ich sei übergeschnappt oder besonders nervös. Nervös! Ich esse wie ein Pferd. Ich esse, um mein Herz mit einem soliden Panzer aus Fett zu umschließen, damit ich endlich anständig, ereignislos und ohne großes Getue meinen Geist aufgeben kann. In das *materium primam* zurückkehren, was auch immer das sein mag.

Nach der Beerdigung gab es Erfrischungen. Die Verpflegung! Es hätte ihr nicht gefallen. Es gab gekochten Pudding und große feuchte Kekse, die irgendwann in ihrem Leben neben Paraffinöl gelegen haben mußten. An pikanten Gerichten gab es Schinkenscheiben, die mit einem Schlag Kartoffelsalat auf die Teller geworfen wurden. Einige erhielten, je nach Laune der beiden Kellnerinnen, gelbes Essiggemüse. Der ganzen Angelegenheit fehlte die Finesse. Natürlich gab es auch nicht genügend Stühle. Die Leute mußten auf den Stuhlkanten sitzen, was das Schneiden des Schinkens zu einer unsicheren Angelegenheit machte. Das Ketchup war dünn und scharf und wurde verschwenderisch gebraucht. Das lag eher an der Sitzordnung als an der Begeisterung dafür. Es wurde geredet, aber nicht zuviel, und man hielt Lobreden auf sie. Sie unterhielten sich über die Totenzettel für sie und welcher Spruch darin stehen sollte. Ich kannte ihre Vorliebe für Sprichwörter wie »Morgenstund hat Gold im Mund«, und nun saß ich hier und mußte mir anhören, daß die Spruchweisheiten des Heiligen Hieronymus und Bonaventura passend seien. Wie wenig wir aus unserem Wissen voneinander machen, wie wenig wir dieses Wissen verwenden.

Natürlich starb sie nicht ohne lange Krankheit. Das tun Mütter nie. Ebensowenig wie Väter.

Ich kam, um sie zu pflegen, widerwillig. Nein, nicht widerwillig, sondern mit Gewissensbissen. Geburtswehen, Lebensschmerz, Todesschmerz. Diese Schmerzen müssen miteinander verwandt sein. Sie lag oben, in demselben Bett, in dem sie geboren war und auch ihren Hexenschuß und zahlreiche andere Leiden auskuriert hatte. Ich hielt mich so wenig wie möglich in diesem Zimmer auf, blieb im Gang, wo ich summte, damit sie wußte, daß ich Hausarbeiten erledigte. Ich lackierte den Fußboden, aber sie vertrug den Terpentingeruch nicht, deshalb lackierte ich nur die Hälfte des Fußbodens. Wenn ich in ihrem Zimmer war, wusch ich ihre wunden Stellen, polierte die Spiegel und schmiedete Zukunftspläne. Für Weihnachten, den nächsten Urlaub usw. Es gibt nichts Beleidigenderes, als die Sterbenden zu hintergehen. Wir sterben in Abschnitten, aber ein Teil von uns weiß ganz genau, wann es dem Ende zugeht. Eine Faser des Verstandes, die mit dem Dahinscheiden rechnet, und das war auch bei ihr so. Ich konnte hören, wie diese Faser tickte, wie das unsichtbare Ticken einer Uhr. Auf der Fensterbank stand Meßwein mit einem spanischen Etikett.

Sie wollte nichts davon. Er war für die Priester, die Geistlichen. Die armen Geistlichen mit ihren alten staubigen Hoden, die vielleicht zu Staub zerfielen. Ihre Geschlechtsorgane, waren sie rosa oder blaß? Armer Priester. Er hustete, wenn er kam, um ihre Beichte zu hören. Ohne Distanz. Ohne Einleitung. Die Hostien befanden sich immer unter einem geflickten Tuch. Sie schluckte unter Schmerzen. Ihr dabei zuzuhören war mitleiderregend, die Stiche unter ihrem Hals stachen wie Nadeln. Es gab immer eine Ablenkung. Eine Katze, die hereinkam, ein pfeifender Kessel, ein zwitschernder Vogel oder ein Gegenstand, der von ihrem Bett herunterfiel, meistens ihr Kamm. Einmal kam er mit einem leeren Kelch. Danach kam der Kaplan. Die armen Geistlichen, alt, grau, schwankend, einsam und bekloppt, mit ihren Soutanen und den treuen Haushälterinnen. Jener bestimmten Sorte dunkler, warziger Frauen, die die Kirchenmänner bedienen.

Ich lief redend durch den Flur. Sie durchschaute den Betrug bei den Weihnachts- und Urlaubsplänen. Ihre Augen waren wie Dolche, blau, kobaltblau, sie baten darum, nicht gehen zu müssen. Schimpfend. Ich hörte Dinge, die keiner jemals hören sollte, nie und nimmer. Sie horchte auf einen vorbeifahrenden Lastwagen und erwähnte den Fahrer, sprach von seinem Suspensorium, sagte, weg mit dem Suspensorium und drauflos geschossen. Wenn der Schmerz nachließ oder sie mehr Morphium bekam, betete sie. Wie sie betete. Wie sie dann lächelte. Die Wolken, sagte sie, sie sind den Büschen so ähnlich, der Buschigkeit der Büsche. Die Wolken wanderten umher wie Büsche. Sie fragte, warum sie nicht laufen und reden sollte, obwohl ihr nicht einmal ein Bussard widersprach. Wie sie trauerte. Sie sagte, daß ihr ganzes Lebensglück in einem kleinen

Fingerhut Platz finden würde, und sie sah sich nach einem Fingerhut um, obwohl sie gar nicht nähen konnte. Sie zählte die Freuden auf: eine Blume, die zwischen den Seiten eines Buches lag, die Reise nach Amerika, ein paar Hüte mit Schleier, eine Rückreise und frische Pfirsiche, die ihre Lippen, ihre Zähne und schließlich ihr Zahnfleisch berührten. Sie sagte, daß ihre jungen Hühner stets eine ihrer größten Freuden gewesen seien, wie sie im Staub dösten und volltönend gurrten und dabei über das Legen ihres ersten Eis grübelten. In Gedanken hielt sie ein kleines Ei in der Hand. Sie schimpfte mit einem Huhn, weil es sein Ei draußen gelegt hatte. Sie sagte, daß die Hühner nicht wüßten, daß es auch einen Hühnerstall gäbe. Sie suchte nach ihnen, rief sie, lockte sie und hielt an, als sie zu einem Hügel kam. Sagte, warum sollte ich es nicht probieren, dort hochzugehen und mich zur Sportkönigin des Ortes krönen lassen. Und wieder bewegten sich ihre Augen und ihr Kopf den Hügel hinauf, ohne daß sich ihr Körper dabei bewegte, mit Ausnahme der Zehen, die sich aneinander rieben. Sie sagte, daß sie eine schöne Aussicht auf den obersten Stock des Hauses habe, und verkündete, daß die Dachschindeln, die schon immer gefehlt hätten, immer noch fehlten. Sie sang ein kleines Lied, halb Lied, halb Gebet. Sie sagte, daß es an diesem Ort drei Bäume gäbe, einen Bergahorn mit flachen, leeren Schoten, eine Eiche und einen kleinen Haselstrauch. Sie sagte, daß die Rinde der Eiche ebenso grau und zerfetzt sei wie sie. Dann kamen einige Kinder vorbei, der Sohn des Schlachters, der Sohn des Tierarztes und der Sohn des Apothekers. Kinder, die mit den dunklen Bereichen des Lebens zu tun hatten. Sie schnatterten. Sie suchte das Gras ab und gab vor, nach Eiern zu suchen. Anscheinend sagten ihr die

Kinder, daß sie sich vor Schlangen in acht nehmen solle. Sie nannte sie unverschämte Scheißkerle, mit ihren Gewehren und Cowboyhüten, und jagte sie fort. Unbefugtes Betreten verboten. Sie blieb dort und sagte, wie sehr sie sich danach sehnte, daß es nicht dunkel wäre, sondern hell. Helle Tage, Lichtstrahlen, die sie durchdringen, und ihre Kinder alle wieder jung. Und um sie herum versammelt, wie in einem Gobelin, mit Rüschen, Sonntagskleidchen und kleinen geknöpften Stiefelchen. Sie sehnte und sehnte sich danach, beschimpfte Gott und die Welt. Sagte, daß es nicht gelänge, daß alles dunkel würde, auch der Hügel. Und daß das Haus auf ihre Rückkehr, ihr Hereinkommen wartete, wo sie den Docht der flackernden Wunderlampe stutzen und sie anzünden wollte. Plötzlich richtete sie sich auf und sagte, daß der Name dieses Monats ein ›r‹ enthielt und wir deshalb eine Lungenentzündung riskierten, wenn wir weiter im feuchten, gedüngten Gras sitzen blieben. Ich sagte nein, mehr konnte ich nicht sagen. Ihre Augen waren wie Dolche, baten darum, nicht gehen zu müssen, nicht zu gehen. Ihre Finger glitten durch die Fransen der Tagesdecke, wie durch Ringe, Schmuckstücke. Und sie sagte schmutzige Wörter, die sie eigentlich nicht kennen konnte. Ich wusch ihre Laken, vier Laken am Tag, weil sie so stark blutete. Wir konnten sie an der Wäscheleine flattern hören. Das Flattern der Wäsche, den Regen, heftiger Regen, in der Ferne blau und in der Nähe, wo er niederfiel, farblos und braun. Dicke Tropfen auf den Grashalmen, die sich auf den Hecken und Grashalmen niederließen. Immer mehr, es goß wie aus Kübeln, und der Wind heulte. Brachte alles in Bewegung, selbst die Gänseblümchen und den Löwenzahn. Besonders die Gänseblümchen und den Löwenzahn. Kleine, entwurzelte

Dinge. Und die Hunde winselten auf der Treppe, um zu ihr zu gelangen, nasse, gesättigte Hunde. Gesättigt vom Töten der Kaninchen. Vom Regen durchnäßt, aber nach Blut schmeckend. Die Hunde, sagte sie. Die Hunde, sagte ich. Sie war auf dem Weg in einen neuen Anfall.

Hunde. Manche Hunde haben ein schönes Fell, manche Hunde jagen Füchse. Böse Hunde beißen, Berghunde haben ein hartes Fell, Hunde trinken Wasser und Milch, Hunde töten Katzen. Hunde fressen alles.

Ihr Kopf gleiche einem Kohleneimer, sagte sie. Klumpen anstelle von Gedanken. Dicke, knollige Klumpen, von innen ganz schwarz. Sie gestand, daß sie ihren Glauben verlor. Ihr Glaube verließ sie genau in dem Moment, wo sie ihn brauchte, um ihre Referenzen vorzuweisen. Sie war rasend, wurde aber dann in den Stunden vor ihrem Tod wieder vollkommen klar. Sie sprach von einer Hutnadel. Ich hätte ihr die Haare toupieren oder einen ihrer spanischen Kämme hineinstecken sollen. Oder eine kleine Geschichte erzählen, z.B. daß der Kaffee mit Zichorie gepanscht wurde. Aber nein, ich ließ sie toben. Die Hutnadel war der Auslöser. Es stellte sich heraus, daß es gar nicht um die Hutnadel ging, sondern um ein Paar Schuhe, das ihr eine Kesselflickersfrau von der Fensterbank gestohlen hatte, wo sie sie zum Trocknen hinausgestellt hatte. Der Wachtmeister spürte die Frau auf und fand heraus, daß die Schuhe für drei Pfund und elf Pence verkauft worden waren. Die ganze Angelegenheit kam vor Gericht, und die Käuferin, deren Mann ein Milchgeschäft besaß, leistete einen Meineid, kam aber aus dem Konzept. Sie behauptete, geglaubt zu haben, die Kesselflickersfrau sei Handelsreisende, Hausiererin. Der Richter ging auf sie los und hielt ihr einen Vortrag über das sechste und das siebte Gebot. Lil erzählte, daß der schrecklichste Teil der ganzen Angelegenheit gewesen sei, als sie zum Rednerpult kommen mußte, um die besagten Schuhe zu identifizieren. Nach ihrer Erzählung sahen die Schuhe erbärmlich aus, weil sie nicht abgestaubt und erst recht nicht geputzt oder poliert worden waren. Sie sagte, sie hätte alles getan, um die Schuhe mit einer Ecke ihres Mantels abwischen und den Fall beenden zu können. Die Schuldige mußte für einen Monat ins Gefängnis. »Und das mir, mit meiner Angst vor Gendarmen«, sagte sie immer wieder. Das hatte sie nicht losgelassen, dieses Verbrechen, diese Grausamkeit. Wie die Ratten, die in Brügge oder Brüssel die Täfelung angenagt hatten, oder wohin auch immer ich diese schreckliche Reise mit meinem Ehemann Dr. Flaggler gemacht hatte. Ich hätte Lil umarmen, sie für ihre guten Taten loben sollen, aber ich tat es nicht. Vielleicht wollte ich es nicht. Sie erhob sich oder versuchte wenigstens, sich zu erheben, hielt sich an dem Messingring fest. Versuchte, sich hochzuziehen, und verlangte, ein Pony aufzuzäumen. Wollte aus dem erdrückenden Raum hinausgebracht werden, hinaus zu den Hügeln voll gelben Ginsters, um dort Brombeeren zu pflücken. Sie bettelte darum, von der Schwelle des Todes zurückkehren zu dürfen. Sie erwähnte den Tod. Sie erwähnte ihn nicht mehr. Dann war es so einfach, so grauenhaft einfach. Als würden am Ende der Saison die Rolläden eines großen Hauses heruntergelassen. Es war überhaupt nicht wie diese Sache, die Tod genannt wird, es war eher so, als würde sie weggebracht. Weggetragen, weg, weg, irgendwohin, nirgendwohin. Als ich sie dann berührte, hatte ich das Gefühl, einen riesigen Kürbis im Arm zu halten. Die Abwesenheit von Puls und Herzschlag verändert alles. Wir erledigten die Sache mit den Pennies und bestellten ein braunes Totenhemd.

Wir machten uns ans Werk, alles aufzuräumen und zu putzen. Sie hinterließ keine Erbstücke, nur einen Fächer, ihren Ring und ein kleines Meßkreuz. Da blieben nur Boß und ich. Er saß am Feuer und war sich seines Weinens gar nicht bewußt. Er sprach nicht direkt von ihr, aber erinnerte sich an ihre Zeitgenossen, Mädchen mit eichenfarbenem Haar, ihren ermordeten Bruder, den blinden Dr. Rath. Er sagte, der blinde Dr. Rath sei ein guter Kumpel und prima Kerl gewesen. Er hatte Kartenspiele organisiert und einmal seinen eigenen Tisch gesetzt und verloren. Einen Eßtisch aus Arbutus.

»Du bleibst«, sagte er. Ich wußte, daß es dazu kommen würde, hatte aber nicht so schnell damit gerechnet. Ich schreckte zurück. Warum waren sie nicht gemeinsam gestorben, wie jedes unserer Hundepaare? Ich zog ihren braunen Astrachanmantel an und ging zu Fuß hinaus. Ich lief über Felder und Wiesen bis zu einem Fluß und dann wieder zurück. Ein ereignisloser Spaziergang, wenn man von den Gedanken einmal absieht. Steinhaufen, große Steinemporen des Himmels, des pissenden Himmels, endlose Reihen von Steinmauern und Trockenöfen. Die Ägypter hatten in jener Zeit die Pyramiden gebaut. Alles war grau: Himmel, Steine, Hemisphäre, alles gleich, alles grau, so grau wie Leitungswasser. Die Blätter fielen herab, oder, genauer gesagt, sie wurden abgerissen, obwohl der Wind an diesem Tag nicht besonders wirkungsvoll war. Sie blieben an etwas Spitzem hängen, einer Spitze oder einem Stück Stacheldraht. Ich sah das alles genau vor mir, die Zukunft, seinen Zorn, seine Launen, die Hetzjagden, die Schlägereien, seine Anzüge, die eingeweicht werden mußten, dann die Wiedergutmachung, Wasserflaschen, Puder, Gerstenschleim und darüber hinaus die täglichen

Zornausbrüche, die kabbalistischen Ausbrüche. Ich konnte nicht, Dodge City hin oder her.

Als ich zum Haus zurückkam, schlief er auf dem Bettstuhl. Er hatte etwas getrunken, der Becher stand neben ihm, von Baldrian befleckt. Ich packte, fing an zu packen, damit er wissen würde, was er wissen mußte, bevor es ihm offiziell gesagt wurde. Der Koffer stand unten an der Flurtür, neben dem Schilf, das ich gepflückt hatte.

»Du Scheißdreck, du«, sagte er. Nachdem er die Tür geschlossen hatte, hörte ich, wie der obere und untere Riegel vorgeschoben wurden.

Ich kann sehen, wie die Menschen zum Tier werden. Zuerst ist es eine Pfote, dann die ganze Sehne eines Beines, die pelzig und streifig wird, dann die Augen, diese sanften, wilden Vorrichtungen, die voll mörderisch gelber Manie glitzern. In solchen Momenten schaue ich weg. Gäbe Gott, daß ich stricken könnte, denn in diesen Momenten möchte ich stricken oder noch besser häkeln.

Eine Feder. Sie hatte mich schon eine ganze Weile geärgert, aber dann gelang es mir, sie aus dem Inlett herauszuziehen. Sie ist beige. Eine Feder, woher sie auch stammen mag. Ich drehe sie, und sie reagiert. Ich puste darauf, und sie reagiert. Wie schön, wenn etwas reagiert.

Wenn ich auf eine bestimmte Art schiele, hängt die Tapete schief, als würde sie mit dem Schwung einer Wiege hin und her schwingen. Dann öffne ich die Augen und sehe sie. Kahl. Sehr aufdringlich. Passende Vorhänge mit einer Chintzbordüre. Auf beiden befindet sich das Muster eines Schwarms von Vögeln mit langen Schwänzen. Die

Schwanzfedern dieser vielen Vögel verlieren sich in Schnörkeln, einige schlingen sich provozierend umeinander. Die Besitzer müssen einen Naturfimmel haben oder vielleicht auch einen Jagdfimmel. Die Jagd auf Wild. Es ist kein sanfter Anblick. An manchen Stellen scheinen die Vögel in die Tapete bzw. den Vorhang zu picken und sie zu verschlingen. Picken anstatt zu singen, zu zirpen oder die uralten Lockrufe der Paarung von sich zu geben. Wahrscheinlich habe ich wegen Nick nicht geschlafen. Es wäre mir nie in den Sinn gekommen, daß er wiederkommen könnte, daß ich ihm unter die Haut gegangen bin. Als er kam, war es hier vollkommen dunkel, nicht ein einziges Licht war an, nicht einmal ein Nachtlicht, nicht einmal eine dünne Kerze. Ich hatte einen längeren Spaziergang gemacht als sonst, mich ohne bestimmten Grund ein bißchen abenteuerlustig gefühlt. Ich wollte unbedingt den Sonnenuntergang oder ein Freudenfeuer oder so etwas Ähnliches sehen. Verheerend. Zuerst ging ich durch eine Siedlung. Schreckliche Häuser mit Kieselrauhputz. Sie hatten keine Fensterrahmen. Die Fenster öffneten sich direkt wie klaffende Wunden. Ich konnte in jedes Haus hineinsehen. Das erschütterte mich. In den Häusern gab es Puppen und Hunde und noch mehr Puppen und Hunde und Kinderwagen und Kinder. Zu viele Kinder. Trocknende Windeln. Eine kleine Geranie in einem Joghurtbecher, die mich traurig stimmte. Als nächstes kam ich zu einem Schafhirten, dessen Hirtenstab aus Aluminium nur einen knappen Meter lang war. Ich sehnte mich nach der Zeit, als die Hirtenstäbe noch fast zwei Meter lang waren. Mäh, mäh. Nicht daß ich jemals ein Schaf bei den Hinterbeinen gepackt hätte, um es zu scheren oder sonst etwas mit ihm zu machen. Alles nur Phantasie, alles nur in Gedanken. Seine Frau träumte von einem Urlaub. Sie sammelte Coupons, um für den Urlaub im Moor im übernächsten Jahr zu sparen. Sie züchteten auch Forellen, die sie fingen und dann nach Frankreich verkauften, wo sie eine Spezialität der französischen Küche darstellten. Es kam alles zusammen, die Coupons, die Siedlung aus Kieselrauhputz. Die Müslischachteln mit Pappuhren, die Puppen mit den gespreizten Beinen in den Fenstern. Die Puppen waren ebenso grotesk wie die Kinder. Ich ging bis nach Mortlake zum Friedhof. Dann legte ich mich auf den Hügel, um diesmal auch wirklich eine Brustfellentzündung zu bekommen, und sah zu, wie es dunkel wurde. Das Seltsame an der Dämmerung war, daß es so schien, als ließen mich meine Augen im Stich. Alles verschwamm. Es gab nichts Besonderes wie etwa Neumond oder Vollmond oder gar den Ruf eines Brachvogels. Es gab überhaupt nichts, außer der zunehmenden Dunkelheit, die sich wie ein Tuch über die Ränder der Welt legte, grau, graubraun. Alle Gegenstände in der Umgebung waren zwar noch sichtbar, aber nicht mehr zu erkennen, und in der Ferne rauschte der Verkehr. Als sich der Boden feucht anfühlte, erhob ich mich und machte mich auf den Heimweg. Da ich vom Weg abgekommen war, dauerte es recht lange. Ich dachte an Morde, Enthauptungen oder eine rosige Kreuzigung. Ich mußte eine Gemeindewiese überqueren, auf der sich außer mir und einem Jogger in einem Trainingsanzug, der durch den Farn drosch, niemand befand. All dieses Laufen, da muß doch ein Sinn dahinter sein, dachte ich mir, als ich zum quietschenden Tor kam. Ich bin der Ansicht, daß alle Tore quietschen, wenn man sie nicht hin und wieder mit Leinöl behandelt.

Dort wartete etwas auf mich, halb im Briefkasten und

halb außerhalb des Briefkastens. Ich rannte in die Halle hinein und zögerte dann, wie immer bei Vorahnungen, bevor ich es öffnete. »In *votre* Abwesenheit war Nick hier.« Ich ließ mich fallen, heulte beinahe. Eine schöne Vögelei verpaßt. Wir wären anfangs schüchtern gewesen, aber dann wären wir vielleicht aus unseren Schneckenhäusern herausgekrochen und hätten uns im Dunkeln wie in einem Unterholz geküßt. Wir hätten uns zurückgelegt, unsere Leiber auf dem wunderschönen blauen Plüsch. Keine Ehefrau hätte uns gestört. Wir hätten uns kleine Dinge gesagt, und zwischen uns wäre alles frisch gewesen, strahlend vor Möglichkeiten. Vielleicht hätten wir einen altmodischen Tanz getanzt. Nichts auf der Welt gleicht der Harmonie des Tanzes in seiner harmonischen Zusammenfügung, wie man so sagt. Ich hätte uns eine Kleinigkeit zu essen gemacht. Verdammt noch mal.

An meine Tür hämmern keine Liebhaber, und am Flügelfenster hängt kein Zettel mit den Worten »ich warte auf Dich, mein Schatz«. Ich kann mich nicht beschweren. Ich habe meinen Teil gehabt. Z.B. einen Holzfäller aus Scandia mit besonders starker Stoßkraft. Sie waren ein bunter Haufen in allen Schattierungen, Formen, Rassen und Arten. Mit nationalen Eigenschaften, dem Entflammen und Durchdringen. Manche waren geil, manche konventionell, einer senil. Ein alter Mann. Er konnte das Ticken meines Weckers nicht ertragen. Ich konnte bei ihm den Tod und die letzte Ölung riechen. Warum ließ ich mich darauf ein? Einer meiner wenigen Akte des Mitleids. Er war ein Benjamin. Jetzt könnte ich das nicht mehr tun. Grotesk.

Lieber das Horn einer Kuh, oder einen Dornbusch in den Arsch. Grauenhaft nannte man das in Coose, den Zusammenprall von Dornbusch und widerspenstigem Land. Das war vor den Maschinen. Das war vorher.

Auch Maschinen haben in meinem Leben eine Rolle gespielt. Maschinen und Menschen. Perfide. Menschen hängen wie Faultiere an mir. Wie schwer sie sind, wie sie mich quälen. Ich glaube fast, daß sie mit Klammern an meiner Kopfhaut befestigt sind, so beharrlich sind sie. Ich bin über die Menge an Menschen, die an einem Kopf von normaler Größe befestigt werden können, erstaunt. Ich trage Hutgröße neun. Manchmal übertreffen sie sich selbst, werden laut und ausgelassen, lassen sich hin und her schaukeln wie Kinder oder Bantamhühner auf einem Kotflügel oder abends auf einem Flügeltor. Ich mochte den Abend immer besonders gern. Ich habe so viele sentimentale Erinnerungen daran. Die weiche Textur des Goldlacks, oder ist es der Heliotrop, die Regengüsse, der aufsteigende Rauch, die ausgehungerten Hunde, mein Liebling, die Dachse und die Schweinsdachse, die aus ihren Bauten kamen und einander bekriegten. Der Abend, der die Nacht verhieß, und eine Flut von Tränen, warum und für wen – Lil, Boß, Dr. Flaggler, Tutsie.

Nick war aus der Zunft der Rothaarigen und hatte einen Bart. Wir tanzten göttlich miteinander. Der Boden war glatt. Ich würde gern glauben, daß unsere Blutströme tanzten, hüpften, sprangen, zusammen sprangen. Ich würde gern glauben, daß sich unsere Empfindungen trafen. Ist das möglich? Miteinander verschmolzen. Plötzlich war seine Frau da, tänzelte herum wie eine alte Löwin. Im Tänzeln war sie sehr geschickt. Sie stupste ihn mit ihrer Schulter an, dann leicht beschwipst mit ihren Flanken, dann verdrängte sie mich von meinem Platz. Sie versuchte, sich auf ihn zu wuchten. Sie hatte etwas von einer Tänzerin oder Stripperin an sich. Auch etwas von einer Schauspielerin. Sie begann, sich auszuziehen. Er begann, meine Ketten zu öffnen. Das Licht war heruntergedreht, aber die Musik schwoll an. Wir waren keine Tanzenden mehr, wir waren Raubtiere, gingen aufeinander los. Sie bellte wie eine Hyäne. Er warf sie in die Luft, und sie kam sicher zum Stehen. Gut trainiert. Ein Trapezkünstler, eine Ehefrau. Eingebildete Sklaven. Wenn ich jetzt darüber nachdenke, hatte sie gar nicht soviel Ähnlichkeit mit einer Löwin. Sie glich eher einem ausgebleichten und trocken gescheuerten Waschbrett. Er führte uns zu ihrem zerwühlten Bett. Er gab ihr durch Zeichen zu verstehen, was sie tun sollte. Sie ging zum Medizinschränkchen. Sie mußte es mit ihrem Fingernagel öffnen, weil der Schlüssel fehlte und es keinen Griff gab. Sie schaufelte Creme aus einer blauen Dose heraus. Die Creme war weiß und sehr flüssig, und mir fiel der exakte Preis dafür ein. Ich wußte, daß eine Hausfrau aus der Stadt, die Sehnsucht nach den Wäldern verspürte, für hundert dieser Deckel eine Plastiktulpe erhalten würde. Sie war keine Frau für den Wald, eher die Sorte für einen Schrebergarten. Kommt, kommt halb, kommt zu einem Viertel, kämpft darum, zu kommen, es ist fast alles dasselbe. Wir kämpften und rangen und schliefen und wachten und hielten uns fest und wanden uns die ganze Nacht lang hin und her. Sein Schnarchen war etwas schleimig. »Horch«, sagte er, »das Haus erwacht.« Ich hörte ausgerechnet ein Baby weinen, so ein gewöhnliches, nein, so ein außergewöhnliches Geräusch. Babys und Kühe scheinen aus unserem Leben zu verschwinden. Bald werden sie nur noch Erinnerungen sein, Schnüre, Fäden, Hosenträger, Erscheinungen, Strumpfhalter aus alten Zeiten. Ich schlüpfte davon. Sie sahen richtig vereint aus, er halb wach und sie stellte sich schlafend. Vielleicht sah es aber nur so aus, weil ihre Lider so zitterten, vielleicht träumte sie verdorbene Träume. Auf dem Heimweg begegnete ich in meinem ramponierten Zustand Nonnen und Milchmännern. Es war Sonntag. Die Nonnen murmelten ihre Gebete, und die Milchmänner drehten ihre Runden. Lange weiße Zettel klebten an den leeren Milchflaschen. Wahrscheinlich waren es geänderte Bestellungen. Schlagsahne für den Wackelpudding, braune Eier für Großmutter, eine Stornierung vielleicht. Ich war nicht in Eile. Ich trug ausgerechnet ein Lamékleid, und zu meiner Freude nieselte es.

Ich hätte nichts dagegen, das Ganze noch einmal zu erleben. Ich lernte sie in einer Kneipe kennen, in der eine Art spontaner Ball stattfand. So wie im Lied von *Phil the Fluter.* Es war Silvester, und um Mitternacht sprangen die Leute auf und begannen zu tanzen und scheuchten alle Leute von ihren Stühlen auf. Die harten Säufer spuckten in ihre Getränke, um sie wiederzuerkennen. Ich war alleine dort hingegangen, um einen Blick hineinzuwerfen. Es gab dort erstaunliche Verlockungen: Geschwindigkeit, Licht, Essen, Mädels, Diskjockeys und Tischtelefone. Plötzlich glich es dem Vorabend von Waterloo in der sogenannten piekfeinen Nacht, in der Belgiens Hauptstadt ihre gesamte Schönheit und Ritterlichkeit versammelte. Da waren wir, faßten uns an, bewegten uns *en masse* auf die Empore zu. Eine Gruppe ging die Treppe hoch, eine andere trieb auf die Straße hinaus. Kleine Splittergruppen schlängelten sich durch die Tische, sich windend und winkend. Ziehharmonikamusik, Baritonstimmen, beschlagene Spiegel, die graubraunen Säulen von Masken verzerrt. Menschen erblickten sich selbst und zogen Grimassen oder warfen Kußhände. Es gab keine Band, aber die Stammgäste hatten ihre eigenen Instrumente mitgebracht: Löffel, Kämme, Blechflöten. In dem Gedränge gab es viele Nichtsnutze aus Coose, denen ich aus dem Weg ging. Ich hielt mich an Nick.

»Einen wunderschönen guten Morgen«, sagte er.

»Zur Hölle oder nach Connaught«, antwortete ich mit dem Kriegsruf von Oliver Cromwell.

»Geh nicht weg«, sagte er und berührte mein geknöpftes Oberteil. Er hatte etwas Nettes an sich, ein Softie. Ich konnte ihn mir mit einer Torfhacke vorstellen, wie er Torf stach und seinen Tabakpriem kaute, vielleicht sogar mit einer Pfeife, einer Wasserpfeife oder einer Pfeife aus Kirschholz, auf der er herumkauen konnte. Ich glaube, wir strebten eigentlich nach Osmose. Das Saugen kam später, als wir uns in den Garten des Lebens hinein rammten. Das Kauen kam mit den Zähnen. Ich verbrachte die Nacht mit ihm und seiner Gemahlin. Wir krabbelten nach der Schließzeit die Treppe hoch. Sie hatten den Laden gepachtet, was für uns kostenlose Nüsse und Getränke bedeutete, und die Geselligkeit ihres Wachhundes, eines deutschen Schäferhundes, eines Eunuchen namens Boris.

»Komm her, du Depp, und fang die beschissene Kohle«, sagte sie.

Als Herr des Hauses bestand er darauf, das Feuer zu machen, um das alte Jahr aus- und das neue Jahr einzuläuten. Zum Glück verbrannte er dabei nicht ihre Unterwäsche, die über einem Stuhl zum Trocknen hing.

»Schlampe«, sagte er, als sie die Kohle über den Boden

warf; und er fragte die Schicksalsgöttinnen, wie lange sie schon verheiratet seien. Ein Leben lang, sagte er.

»Trotzdem hatten wir gestern einen guten Abend miteinander, oder nicht«, sagte sie, frech wie Oskar. Ihr fehlte es nicht an Grips. Männer mögen Frauen, die für sie Kämpfe ausfechten. Die schlauen Skythen zogen im Krieg ihre Stuten den Steinpferden vor. Ohne mich zu beachten, begann sie ein spätes Abendbrot aufzutischen: Hammelgehacktes. Das Ergebnis war, daß er mir sein Essen gab, sie ihm ihr Essen gab und sie selbst direkt aus der Schüssel aß. Ich war für sie mehr oder weniger unsichtbar, einfach nicht vorhanden. Das war vor unserer Orgie. Aber als wir uns näher kamen und er mein Glas füllte, bis es überlief, nahm sie mich zur Kenntnis. Sie bewunderte meine Frisur, sagte aber, daß ich mich ja nicht täuschen solle, sie wäre die erste, die Nummer eins. Sie sei Mrs. Finney. Er sagte ihr, sie solle verdammt noch mal die Schnauze halten.

»Vielleicht überlasse ich ihn dir«, sagte sie, »ich mag ihn nicht besonders, nur ab und zu mag ich seinen Schwanz.« Sie sagte, daß sie einst als Model hatte arbeiten wollen, aber daß sie nun im Brutgeschäft sei, na und, ha ha ha. Sie hatten anscheinend vier Kinder, von denen ich keines sah und nur eins hörte. Ein Wimmern.

Nicks Frau wandte noch eine weitere List an, ein weiterer Punkt der Hackordnung. Sie bestand darauf, daß Nick für den Fall, daß sie plötzlich als Geschäftsführer entlassen werden würden, ein Bündel Geldscheine bei sich trug, falls sie fliehen müßten. Und da er im Besitz eines so astronomisch hohen Betrages war, war es nur vernünftig, daß er nirgends alleine hingehen durfte, sondern von ihr oder dem Kindersegen begleitet werden mußte. Ich würde ihr nicht mehr auf die Füße treten.

Am nächsten Morgen wollte sie nicht, daß er mich hinausbegleitete. Sie sagte mir, daß ich mir ein verdammtes Taxi kommen lassen und meinen eigenen Mann vögeln sollte. Sie wußte nicht, daß ich Guerilleros mag, Männer, die auf dem Sprung sind, Steinmetze wie Moriarty und einen IRA-Mann namens McKann. Ich kenne McKann nur vom Hörensagen, aber ich denke oft, daß er derjenige ist, den mir das Schicksal bestimmt hat. Ich habe Fotos von ihm gesehen. Ganz still und sanft, wie Milch in einem Krug, und doch lodernd in grimmiger Entrüstung wie ein brennender Busch. Vielleicht begegne ich ihm einmal im Wald, in Arkadien.

Ich greife nach der Klingel. Man stelle sich das in einer öffentlichen Einrichtung vor. Es gibt hier sogar einen Kamin mit Schürhaken und einen Kaminrost. Es ist ein Schlafgemach. Hier steht ein S-förmiges Sofa. Kurz bevor es regnet, fällt der Ruß herab. Die Stürme verlaufen stoßweise, alle Stürme in allen Kaminen der Welt zusammen: Coose, Alaska, diese unbewohnten Klimazonen. Der Ruß verursacht ein trippelndes Geräusch, wie herumlaufende Mäuse. Manchmal denke ich im Halbschlaf, daß es Mäuse sind, die in meinen Wildlederstiefeln auf der Lauer liegen. Am Morgen sammle ich dann den Ruß auf einem Stück Pappe. In dieser Nacht gibt es keinen Regen, aber es braut sich ein Sturm zusammen. Es ist ein herrliches Gefühl, als ob alles in der Natur explodieren würde. Ich könnte in China oder Tasmanien landen. Ohne hinzuschauen weiß ich, wie es draußen im Garten aussieht. Sehr düster, und doch windig, ich sehe die hoch aufragenden dunklen Bäume vor mir, den phantastischen Schwung der Wiesen. Alles strebt den Sternen entgegen, alles ist verwurzelt, aber keineswegs im Einklang. Wenn es nun eine Sommernacht wäre, würde ich mir einen Schal umlegen und einen Spaziergang machen. Im Sommer werde ich es tun. Ich bedauere alle, die auf See sind. Es ist so schön, hier zu sein, in einer gemütlichen Unterkunft. Ich würde diese verfluchte Klingel drücken, wenn ich das Resultat ertragen könnte. Mein Klingeln würde nicht beantwortet werden, kein Lakai käme mit Riechsalz oder Kamillentee herbeigeeilt und sagte »Ja, Madam« oder »Nein, Madam«. Die Klingel ist weiß, kalt und kugelförmig. Ich glaube, daß sich darin eine kleine Batterie befindet. Ich berühre sie, und plötzlich klingelt es. Meine Finger kribbeln, und der Strom durchdringt meine Handfläche. Ich lasse die Klingel fallen und verziehe mich zur entfernten Seite des Bettes. Sie liegt nun verlassen auf meinem Kissen. Diese Seite des Bettes ist kalt und unfreundlich.

Ich sehne mich nach Eiercreme. Nach den dicken, weichen Klumpen in meinem Mund. Nicht zu süß, aber auf jeden Fall mit einer Spur Vanille. Ein harmloser Brei, der beim Kauen nachgibt und leicht hinunter gleitet. Kein Beißen, kein Ringen. Ab in die Küche. Ich stöbere dort herum. Sie haben sieben verschiedene Suppensorten, die eindeutig für Feinschmecker gedacht sind – Austern, Krebse, Wild, Gans, Tomate, Sellerie und Schildkröte. Sie enthalten einen Zusatz namens Glutamat, was die ganze Sache in ein zweifelhaftes Licht rückt. Ich kenne dieses Glutamat nicht, bin mit seinen Eigenschaften nicht vertraut. Es könnte für den Duft zuständig sein, andererseits könnte es das Wild, die Gans, die Auster, die Schildkröte, den Sellerie und so weiter verschwinden lassen. Das arme

Brot ist verschimmelt. Es ist pelzig und aufgequollen. Ich habe es vor drei Tagen gekauft. Es war in Cellophan eingewickelt, das ich auf dem Heimweg abriß, um in das warme, frische Brot, direkt aus der Bäckerei, hineinzubeißen. Nun ist es schwarz mit kleinen grünen Flecken. Der Pelz glitzert wie Meersalz und sieht aus, als wolle er zersplittern, was er nicht kann. Es ist nur Brot, vergessenes Brot. Ich habe keine Lust, hineinzubeißen oder es auf andere Art zu zerstören, also sage ich ihm auf Wiedersehen, indem ich den Emailledeckel mit einem grimmigen Knall schließe. Neben den Suppen stehen die Gewürze, die ihre Würzkraft wegen der Feuchtigkeit völlig verloren haben. Sie haben den Thermostat manipuliert, um es so kühl wie möglich zu halten. Ich laufe stets in eine Decke gehüllt herum, außer wenn ein Verehrer kommt. Dann ziehe ich meinen Sonntagsstaat an, meine Voile- oder Chiffonkleider. Sie wären entsetzt, wenn sie jetzt in ihre eigene Küche kämen, alles liegt wie Kraut und Rüben durcheinander. Die Delfter Fayencen sind verschmutzt, Teeblätter kleben in einem Topf, und überall verstreut liegen Plastiktüten mit den Namen der Einzelhändler. Wir haben Rüsselkäfer. Das ist an der Art und Weise, wie die Krümel, die Kekskrümel verteilt sind, leicht zu erkennen. Manche Krümel sind weiß, aber die meisten sind braun verbrannt, weil ich im Laden nach den gut durchgebackenen Keksen fragte. Der Mann in dem Geschäft drückte mir die Hand, als er mir mein Wechselgeld gab, und nannte mich Dusty. »Sie haben mir den Tag gerettet«, sagte er. Das sagt er wahrscheinlich zu jedem. Trainiert dabei seine Ellenbogen. Ich gehe nicht in Supermärkte. Ich gehe lieber in die Geschäfte, wo ich mit den Verkäufern reden und ihre Lebensgeschichte erfahren kann.

Ich denke oft, daß mein Herz ein kleines Hühnerherz ist, wie von einem kleinen Huhn, vielleicht ein weißes Wyandottehuhn oder einem Mischling. Vielleicht hat mich Lil deshalb so verhätschelt, weil ich sie an ihr Liebstes erinnerte, ihr hochgeschätztes Geflügel. Fädel ein, fädel ein. Lil war eine Meisterin der Knoten und Quipu. Sie machte es zu einer schönen Kunst, die schlauen, alten Knoten der Druiden. Sie sollte Coose Snaim genannt werden.

Die erste Milch, die sie mir gab, kam aus der Flasche, später aus einem Trinkgefäß. Die Kühe waren meine Freunde, obwohl wir kein enges Verhältnis hatten. Wir schissen auf dieselben Plätze, daß heißt in den Tälern und Hügeln, unter Bäumen oder woanders hin. Wir waren nicht so pingelig. Ihre Scheiße war größer, reichhaltiger und grandioser als meine. Ein großer Männerschuh konnte darin einsinken und völlig verschwinden. Ich mache mir Sorgen um die Kühe. Sie sind das Fell der Welt, das mit blauen Flecken übersäte Euter der Welt. In der Arche wäre ich in ihrer Nähe geblieben, hätte meinen Atem mit ihrem vermischt. Ich setze mich immer noch für sie ein und nicht etwa wegen meines Uhrenarmbands oder meiner Pampooties oder dem Schuß Milch in meinem Morgentee. Aber ich habe das Gefühl, daß sie aus unserem Leben vollkommen verschwinden. Ich werde sie vermissen, vor Kummer vergehen. Dazu neige ich nun einmal. Ich hätte mich in der Blütezeit der Griechen gut gemacht, hätte an den Tempeln gelehnt, mir das Haar ausgerissen und die vielen einander widerstreitenden Götter angerufen. Bald wird ihr Muhen, ihr Fell, ihre Zitzen, ihre Euter, ihr schlendernder Gang, ihre gelockten Schwänze, ihre verfilzten Schwänze, das feuchte und trockene Scheuern ihrer Körper, ihre desinfizierten Nabelschnüre, die wir einst morgens und abends oder in unserem Jahresurlaub sahen, bald wird all dies nur ein Nachbild sein, ein Trugbild. Und noch etwas. All die Kühe, die ich einst kannte, brüllen noch in meinem Kopf, ebenso die Schweine und die jungen Hähne, die Zicklein und die Moorhühner, die Enten, die Gänse, die Schwäne, die Reiher, die Kraniche, die Wasserhühner, die Lappentaucher und die Teichhühner, die Krickenten, die Goldaugenenten, die Erpel und die Brandenten, das gesprenkelte Geflügel und die Schafherden und all diese sirenischen und nicht sirenischen Geräusche, die sie im Augenblick ihres Todes ausstoßen. Nicht daß ich ein Stammgast der Schlachthöfe wäre. Im Gegenteil, ich gehe in Parks, in das Treibhaus von Kew, um mich an Coose zu erinnern.

Coose, die alte Alma mater. Tiefliegend. Ein glorifiziertes Moor. Ein Dorf, Dorfmänner, Dorffrauen, Ärger und Streitigkeiten, Mehl, Gärung, Fäulnis, Hunde, Krätze, Kiesel, Nerven, Malven, saugende Kälber (von ihren Müttern getrennt), die an abgenutzten Eimern mit schartigen Kanten saugen, später dann auf ihren Koppeln umhertollen und springen. Sehr wenige Fremde, von dem Araber abgesehen, der den Grauen Star stach. Und arme Leute, die auf den Kartoffelfeldern auf Raubzug gingen. Ein kahles Land, lehmig und morastig, voller Regen und Geblök, dem doppelten Blöken von Mensch und Tier. Dunkles Licht, das schwarz wird, zum Trauern neigt, keineswegs ein orientalisches Volk. Eine Rasse, die sich um Wasser und zerknitterte Blasen sorgt, mit lahmen Kiefern, deren

Mundwerkzeuge vom Essen der eingetauchten Brotstückchen und mehlhaltigen Speisen geschwächt sind. »Einmal quer durchs Haus, und paßt auf die Anrichte auf!« So lauteten die Hymnen der wilden Männer von Coose bei ihren Jigs und Reeles. Sehr streitlustig. Unter ihnen hatte nicht ein einziger einen akademischen Grad, es gab nicht einmal einen Märtyrer für die Annalen. Ignoranten, die Käse von Seife nicht unterscheiden konnten, beides so hart und weißlich und mit Quarkgeschmack, wenn man es in den Mund nahm. Dummköpfe. Doch jedes Ding hat seinen Platz auf Erden, auch die Ameise und die so viel bewunderte Lilie. Sogar wir. Der Araber hatte die Angewohnheit, seinen Kopf auf die Erde zu schlagen, bevor er den Star stach und die Zysten entfernte. Er rief seinen Gott an, der nicht unser Gott war. Er veranstaltete auch seltsame Rituale mit seinem Wasser und sprach jede Frau als Sultanin an. Er bestand darauf, mit Lebensmitteln und Körben voller Torf und Gras für sein Kamel bezahlt zu werden. Ein weiterer Wanderarbeiter, ein Schnulzensänger mit dem Spitznamen Birdie, sang *Die Glocken von St. Mary*, während er seine Hand unter die Röcke der Frauen gleiten ließ, die in der Andacht saßen, die Landschaft bewunderten oder ihre Gartenerzeugnisse und Milchwaren gegen solche Wunderdinge wie Koschenille oder Oxforder Mittagskuchen eintauschten. Er hatte eine herzergreifende Stimme. Wenn er seine Balladen sang, waren die Leute zu Tränen gerührt, sogar jene Damen, die ihn zuvor mit ihren spitzen Zungen oder den Metallstäben ihrer Mieder abwehren mußten. Die Keuschheit war übermächtig, erlitt aber auch Einbrüche. Es wurde viel gebrütet, gelegt und verladen. Das Brüten war besonders verwerflich und geschah in Gruben und Löchern und der Verborgenheit feuchter Hecken. Der Weißdorn war großartig. Er bot im Mai einen fröhlichen, durchscheinenden Anblick, als ob Coose ein prunkvoller Ort sein könnte. Dieses Glück war uns nicht vergönnt. Coose war Coose. Es gab keine Feuerwehr. Aber eine Hebamme namens Polly, die immer zu spät kam. Zu spät, weil sie sich so schwerfällig bewegte wie ein alter Kinderwagen. Sie lebte in den Wäldern. Es hieß, ihre Decke und ihre Eingangstür seien aus Leder. Manche sagten auch, ihr Arsch sei aus Leder. Und doch werden wir in den *Altnordischen Sagas* und dem *Sachsenspiegel* und den *Speculum Regali* erwähnt. Wir sind keineswegs unbedeutende Figuren.

Ich bin dort in jungen Jahren nach einem Vorfall geflohen. Entjungferung. Eine verpfuschte Angelegenheit. Ein Fall von *coitus interruptus*, sollte es je einen gegeben haben. Es fand weder in einem Kanu noch auf einem Sofa statt, sondern draußen im Freien mit einem Kerl, der aus der Stadt stammte. Ein *one-night-stand.* Es war zu Peter-und-Paul, also an einem heiligen Tag der Verpflichtung. Es war herrliches Wetter, Ende Juni. Auf dem Land zischten die jungen Gänse, es gab neue Kartoffeln, und die Wiesen waren frisch gemäht. Schwärme von Froschlaich, bernsteinfarbenes Gelee mit kleinen Fröschen durchsetzt. Einige Schwärme von Froschbabys wurden zerquetscht, aber das war normal. Es begann alles recht harmlos – das heilige Sakrament der Messe, eine knappe Predigt und eine Kostümparade am unfreundlichen Nachmittag. Ich war Schneewittchen und trug ein langes Kleid mit einem Kranz aus Zwergen. Es gab eine ganze Flut von Schneewittchen, manche mit einem Zwergengefolge, Zwerge oder kleine Kinder, die viel überzeugender waren als ich. Ach ja, und einige kleine Trommler, Jockeys, Trachtenmädel und kahlköpfige Fenier. Der Gewinner war niemand anders als das braune Papierpaket. Ein Paket, in dem ein weiteres Paket steckte und noch eins und noch eins, bis in der Mitte ein unterernährtes, kreischendes Geschöpf hervorlugte. Auch die Mutter des Mädchens hatte gekreischt und wurde später ins Schloß gebracht, wie die Klapsmühle hier genannt wurde. Nachdem die Gewinnerin den Preis in Form von zwei Porzellanwauwaus erhalten hatte, wurde das eigentliche Volksfest eröffnet. Autoskooter, Kettenkarussells, Schiffsschaukeln, Schießstände und Spielautomaten aus Dodge City. Später dann der Tanz bis in den Morgen. Überfüllt. Der Hundemeister und Mrs. Hoare-O'Shaughnessy bereiteten zur allgemeinen Bewunderung Speiseeis zu. Dann verschwanden sie. Sie wurden später beim Fummeln erwischt, sie befummelten sich gegenseitig an ihren intimsten Stellen, er flehte und schimpfte. Der Ort der Paarung, die elektrisch aufgeladene Tür, klapperte und verursachte dabei einen solchen Lärm, daß ein junger Wachmann aufmerksam wurde und zu dem unrühmlichen Ort eilte. Der rothaarige Mann aus Connemara ging mit einem Schlagstock und einer brennenden Fackel zwischen die beiden. Die Neuigkeit verbreitete sich in Windeseile. Abgesehen von den farbigen Mutmaßungen herrschte allgemein die Ansicht, daß der Wachmann in die Wüste geschickt würde, weil er die beiden Mitglieder des Landadels, die obendrein noch verheiratet waren, bei ihren mittsommerlichen Ausschweifungen gestört hatte. Ich ahnte noch nicht, daß meine Stunde auch bald schlagen würde. Ich tanzte mit einem Falkner zu den Klängen von *Sweet Rosie O'Grady*, als er mit der Information herausrückte, daß ich ausgezogen eine hübsche Frau abgeben würde. Er bezog sich auf das durchsichtige Schneewittchenkostüm. Er erklärte, daß die Gewinnerin, Miss Kitty O'Screechy, den Preis nur dank ihrer Beziehungen bekommen hätte. Er behauptete, daß in Coose alles nur über Beziehungen laufe, Pensionen, Waffenscheine, Subventionen für die Landwirtschaft etc. Er fragte, ob ich mit der Zunge schnalzen könnte. Ich sagte »Klick, klick«, wie ich es Amerikaner mit ihren Kameras hatte tun sehen. Dann sprang der Schnulzensänger von der Tribüne herab, weil er Pause hatte, ging direkt auf mich zu und sagte »Entschuldigung, mein Engel«. Ganz weltmännisch im sandfarbenen Anzug, Schuhe mit Kreppsohlen, mit einer Fliege und so weiter. Er sagte immer »prima«. Ich fühlte mich wie Gott in Frankreich. Er fragte, ob ich Lust auf eine Verschnaufpause hätte. Es war eine schöne Nacht, mit Fledermäusen, Sommermotten, schwül wie im Land des Lotus. Boß und Lil waren sicher zu Hause und beteten den Rosenkranz. Er fragte, wo wir hingehen wollten, und ich antwortete, irgendwohin. Er konnte sehr gut die Innenfläche der Hand kraulen, fiebrig. Viel geschickter als die Männer aus Coose. Wir gingen zum Kalksteinfelsen, dem schönsten Flecken der Stadt. Er verlor keine Zeit, löste seinen Gürtel und sagte »Ich könnte dich wie Butter durchstoßen«. Bebende Geräusche. Er begann zu geifern. Sein Rüssel suchte seinen Futtertrog. Spritz, spritz. Ich wich aus. Ein Wasserfall ergoß sich, teilweise auf mich, aber hauptsächlich auf den Felsen. Ich stellte mir vor, wie es in die Spalten eindrang, in die Flechten und das Torfmoos, die Baumwurzeln und die verschiedenen Insekten und Nachttiere, die sich dort ausruhten, entweder betäubte oder mit Nahrung versorgte. Er konnte nichts mehr sagen außer »prima«. Abruptes Ende. »Du gehst zuerst, ich komme dann nach.« Und er nahm Reißaus zu seinem Hotel, um etwas zu Abend zu essen. Fragte nicht, ob ich auch etwas wollte. Tschüs denn auch. Sie spielten *Jealousy*, als ich wiederkam, und eine unbedeutende Frau namens Dolly, sein Ersatz, sang aus voller Kehle. Sie trug ein kirschrotes Kleid, und die Scheinwerfer leuchteten ihren Körper vollkommen aus. So wollte ich sein. Wie Dolly. Als ich die Tanzfläche überquerte, als gerade Damenwahl war, stieß ich mit einem Buckligen zusammen, einem dieser Wünschelrutengänger. Sei es aus Perversion oder aus Blödheit, sagte er »ja, aber gern« und setzte zu einem mörderischen Tanz an. Er sagte, daß es nicht lange gedauert hätte, mit mir und diesem aufgeblasenen Kerl, es sei wohl eine kurze Angelegenheit gewesen. Ich war nicht besonders lebenserfahren, aber mit Melodramen vertraut, und verspürte auf einmal einen Anflug morgendlicher Übelkeit, obwohl es beinahe Mitternacht war. Ich sah alles genau vor mir: Erklärungen, wie es geschehen war, Prügel, das Eingreifen des Klerus, die Schmähungen innerhalb der Familie. So beschloß ich abzuhauen. Ich nahm die Nachtfähre in das Land auf der anderen Seite des Wassers, wo die Dämonen in mich einfahren würden, wie Lil gesagt hätte, wenn sie noch auf der Erde wäre und nach ihrer Meinung gefragt würde.

Ich kenne niemanden, der nicht in einem Irrenhaus aufgewachsen wäre, der nicht ständig die Worte gehört hätte: »Tu dies. Tu das. Laß das. Mach schon. Ich schneide dir die Zunge raus. Wie kannst du es wagen, hörst du nicht? Ich habe ›laß das‹ gesagt. Mach schon. Sing mal. Sprich deutlich. Halt die Klappe. Putz dir die Nase. Bohr nicht in der Nase. Piss. Iß deinen Kartoffelbrei. Mach nicht so einen Krach. Wer hat da gefurzt? Hier wird nicht gefurzt! Scheiß nicht, du kleiner Scheißer.«

Unter Feinden. Die Briten, das bemalte Volk. Ein Land, dessen König Hämorrhoiden hat. Es hat nicht viel Resonanz. Sportler, Jäger und Sportlerinnen im Überfluß. Diese Damen verfolgen die Füchse mit den buschigen Schwänzen fanatisch bei der Jagd und sind dabei keineswegs vornehm. Sie sind auch nicht aus Porzellan und erst recht nicht für ihre Fülle bekannt. Das Königshaus macht ein großes Tamtam um die Zusammenkünfte bei den Galas, Regatten, ein König, eine Königin, Großtanten, Söhne und Töchter, Nichten und Neffen, Cousinen ersten und zweiten Grades, Hofdamen, vereinzelt Leute, alle hübsch zurechtgemacht. Ich betrachte ihre Fotos. Ich sehe mir gerne ihre Frisuren an und versuche, ihre Haltung nachzuahmen. Ich bin von ihrer Haltung und ihrer kalorienarmen Ernährung, über die ich in den Zeitschriften lese, sehr beeindruckt. Die Zeitschriften lese ich kostenlos. Es gibt hier einen Ruheraum, in dem ich mich stundenlang aufhalten kann, ohne hinausgeworfen zu werden. Manchmal versuchen andere Leute, die Schwätzer, mit mir eine Unterhaltung über ihre Boiler, den Generationskonflikt oder das schlechte Wetter anzufangen. Aber ich gebe vor, Norwegerin zu sein. Mir gefällt diese List, vorzugeben, ich sei die Tochter eines Kapitäns, eines gefühllosen Kapitäns, der immer durch sein Fernrohr auf die See blickt und auf festem Boden hin und her schwankt. Ich kann sogar die Gelegenheit nutzen, umsonst einen Bissen zu essen zu bekommen. Im eigentlichen Geschäft machen sie stets Werbung für eine Suppe, eine Pastete oder eine bestimmte Sorte Kekse, und ich reihe mich in die Schlange der angesehenen Menschen ein. Dann kehre ich zu weiterer Lektüre zurück, oder zu Tagträumen, was immer gerade anliegt. Das einzige, was mich stört, ist, daß ich ständig fürchte, daß die Leute über mich stolpern könnten. Ich habe den Eindruck, daß sich in mir etwas Zerbrechliches befindet, das herausgelöst werden und herunterfallen könnte, wenn mich jemand anstößt. Vielleicht mein innerer Hampelmann oder meine Eingeweide. Auf den Fotos schütteln sich die Mitglieder des Königshauses ständig die Hände und lächeln, obwohl es offensichtlich ist, daß sie sich erst kurz zuvor an der eigenen Haustür getrennt haben. Ich bin stets vor der *Rush-hour* zu Hause. Dann setze ich mich eine Weile zum Danksagen hin. Aus dem rückwärtigen Fenster kann ich vier Gaskamine sehen, und bei mancher Beleuchtung sehen sie gelb aus und drohen, die Luft zu durchbohren. Der Rauch, den sie ausstoßen, treibt wie Wolken dahin. Die Wolken sind hier langsam und kräftig. Sie ziehen nicht wie in Coose über den Himmel. Es gibt hier Rosen, Winterrosen, die sich hoch über das Beet aus Laub erheben. Verkümmerte, verfaulte und vernachlässigte Rosen, die dennoch durchhalten und blühen. Ich habe sogar daran gedacht, ein Potpourri aus ihnen zu machen, das den Gästen Gesprächsstoff gäbe, aber ich brauchte dafür ein Gefäß, einen Schädel, eine Glasschüssel oder einen durchlöcherten Topf, in den ich die Blütenblätter, Kelchblätter, Schließfrüchte, Fruchtknoten und Staubgefäße, Hülsen und Blütenkelche, Samen, Follikel und Nebenblätter, nicht zu vergessen die fröhlichen Hagebutten und Mehlbeeren füllen könnte. Die Gäste werden daran riechen und dann ihre Finger oder ihre Riecher hineinstecken und neue Arrangements daraus machen. Dabei werden sie etwas ausrufen, das heißt, falls ich das Potpourri mache und falls ich Gäste bekomme.

Früher kannte ich Unmengen von Leuten. An einen von ihnen erinnere ich mich besonders: Maurice P. Moriarty und ich machten redselig betrunken manche Nacht durch, über die Glut gebeugt, unsere Kalkbrennöfen, unsere Herkunft und so weiter beklagend. Moriartys Familie besaß einen Walnußbaum, einen *genus juglans* aus Persien. Er sagte stets: »Ohne dieses Ding namens Liebe würde ich *dich* lieben.« Vielen Dank. Abdul Abulbul Abee. Moriarty hatte Sommersprossen auf den Eiern, was verdeutlicht, wie rothaarig er war. Ich schleppte ihn immer ins Bett. Wir kamen nie zum Vollzug. Das war so ziemlich das Beste, was damals passierte, ich meine, das, was mir am meisten zu Herzen ging. Abgesehen von den Knoten der Blutsbande. Es war eher eine Verbindung der Knochen. Nieder mit den Knoten der Blutsbande, den Knochenbanden, dem minoischen Knoten, Tristrams Knoten, druidischen Knoten und der besonderen, von Lil gefertigten Spezialität, dem Mutterknoten.

Er wollte ein bißchen bleiben. Er arbeitete auf einer Baustelle und wurde gegen den Lärm immun. Er brachte stets vier Flaschen Stout mit und stellte sie auf den Küchentisch, zwei für jeden von uns. Wir stellten uns Gerüste vor, Orte, die wir erklettern und wo wir uns gelegentlich treffen könnten. Es wurde ihm wahrscheinlich zuviel, für ihn war es wahrscheinlich wie eine Schlinge um den Hals.

Er ging ohne Abschied. Als die Schatten der Nacht sich senkten, ging er Zigaretten holen. Und siehe da, er kehrte nicht zurück. Vielleicht hat er jemanden getroffen, oder er hat sich auf den Weg in die Wüste gemacht. Er redete ständig von der Wüste, der brütenden Hitze, den Nomaden und so weiter. Ich glaube, er hat jemanden getroffen, ein Mädchen mit gebleichten Haaren, wie Stroh. Das war sein Typ. Vielleicht Sharon, das Mädchen, das einmal hierher gekommen war. Sie machte zwischen Schlucken und

Kauen keinen Unterschied, oder vielmehr, sie war unfähig, den entscheidenden Punkt zu bemerken, wo man mit dem einen aufhört, um das andere zu beginnen. Sie irrte sich ständig, seit frühester Kindheit kaute und schluckte sie wahllos und konnte die Richtigkeit ihrer Handlungen nur an den Reaktionen anderer ablesen, die sie abwechselnd lobten, beschimpften oder schlugen für das, was sie gerade unwissentlich getan hatte. Sie benebelte mich mit ihren Erinnerungen, ihrem Gurren und ihren Eßgewohnheiten. Wenn sie einen Schokoladenkeks aß, graste sie die Schokolade von dem Keks ab, graste, leckte ihn dann ab und versenkte sich dann in den eigentlichen Keks. Sie hatte wunderschöne Gesichtszüge, war aber nicht schön, wie es oft der Fall ist. Moriarty verbrachte die Zeit damit, Sterne zu zeichnen. Blauschwarze, mit Tinte gezeichnete, gezackte Sterne. Und obwohl er sie nicht ansah, waren die Sterne für sie gedacht. Sie fand die Sterne zum Anbeißen.

Ach ja, die Moriartys dieser Welt liegen schon auf einer ziemlich schönen Totenbahre.

Natürlich kommen auch andere Leute hierher, und zwar aus den verschiedensten und seltsamsten Gründen: um ein frommes Pamphlet oder ein Pflaster abzugeben, die Kirchensteuer einzusammeln, das Korbgeflecht der Stühle auszubessern, die Messer zu schleifen, die Teppiche zu reinigen oder um mir mitzuteilen, daß ich den geheimnisvollen Preis von zwei Pennies gewonnen habe, oft auch, um zu betteln. Ich habe keine Bluthunde, die ich auf sie hetzen könnte, deshalb benutze ich verschiedene Tricks, um sie loszuwerden. Ich stelle mich taubstumm. Ich knalle die Tür zu. Ich beschönige. Ich rufe aus einem der oberen Fenster, daß ich gerade Brennscheren in den Haaren habe. Einmal kam ein sehr netter Mann, um ein Loch in der Gasleitung zu flicken. Er steckte die vier Streichhölzer, die er benutzen mußte, um die Kontrollampe anzuzünden, zurück in die Schachtel, um meine Küche nicht zu beschmutzen. Ihre Küche. Das nenne ich rücksichtsvoll, oder nicht? Ich hätte nichts dagegen gehabt, mit ihm ein bißchen in der Dämmerung spazieren zu gehen, ein bißchen Händchenhalten und Fingerhakeln, all das. Er sah aus wie ein Sterngucker, konzentriert und unnahbar.

»Möchten Sie einen Sherry?« fragte ich. Wir tranken im Stehen. Er war schüchtern, nicht wie diese aufdringlichen Kerle, die versuchen, in dein Negligé oder dein Unterhemd zu kriechen, und deine Brustwarzen anstarren wollen. Ein solcher Schurke griff nach dem Gürtel meines Morgenmantels und sagte »Na sowas, Sommersprossen«. Sommersprossen! Ich bin weiß wie Kattun und habe mich nur zweimal in meinem Leben im direkten Sonnenlicht aufgehalten. Bei den Bettlern bin ich mißtrauisch und denke an die Geschichten aus Coose von den Landstreichern, die bei ihrem Tod ein Vermögen in ihrem Schulterwams hinterließen. Manche lasse ich zum Trost herein, oder zum Vorspiel. Manche zum Vögeln. Den Kellner zum Beispiel. Es gibt Zeiten, wenn unsere Lenden die Entscheidungen für uns treffen. Er war ein richtiger Scharfschütze. Mit hautengen Hosen. Sein Poussieren brachte mich dazu, ihn in Erwägung zu ziehen, das und seine grimmige Unverschämtheit. Er war noch nicht einmal Oberkellner, nur ein Lakai, der die Teller vor uns hinschleuderte und dann erwartete, in fremdklingendem

Irisch Dankeschön zu hören. Bestand darauf, daß ich Schnecken aß. Ich, die ich kein Werkzeug richtig handhaben kann. Brachte meinen Begleiter, der ein falscher Herzog und gegen Meeresfrüchte allergisch war, dazu, einen Hummer *thermidor* zu essen. Armer Mann. Er mußte den größten Teil des verbleibenden Abends über einem Waschbecken verbringen. Der Kellner, der nun freie Bahn hatte, entfernte die gestreifte Schürze, damit ich bessere Sicht auf seine Hüften, sein Becken und seine Leisten hatte. Da stand er nun, von den zu engen Hosen unterstützt. Die Pläne für unsere Liaison waren innerhalb von zehn Sekunden geschmiedet. Er verbeugte sich und sagte Madam, als wir gingen. Der Herzog mußte eine ihrer rosa Stoffservietten mitnehmen, für den Fall, daß das Schaukeln des Taxis einen neuerlichen Anfall verursachte. Er verstand nicht, warum ich nicht mit zu ihm hereinkam und ihm die Stirn streichelte. Ihn ein bißchen kraulte, wie wir es nannten. Das war einer der Gefallen, die ich ihm tat. Kraulen und Strumpfbänder tragen. Dafür lud er mich ein, zum Abendessen, ich bekam Blumensträuße und zahlreiche Fläschchen mit Badezusatz. Ich täuschte eine Migräne vor und eilte nach Hause.

Ich dachte an ihn und an die Art und Weise, wie er sich herausgeputzt hatte. Es war mir egal, welche Farbe er hatte, ob pickelig oder haarig, ob rosa oder beige, wie gerade, wie steif oder schlapp er war. Ich ging durchs Haus und räumte dabei auf, sang gefühlvoll vor mich hin: »Ein Liebhaber kommt.« Dann machte ich ein paar Dehnübungen, um in Form zu kommen. Er trug eine rauchblaue Sonnenbrille, und das zur Wintersonnenwende. Er setzte sich auf den Puff. Hätte es einen Gepard gegeben, hätte er sich darauf gesetzt. Er wollte mir imponieren. Er sprach von Adel und von Botticelli und Fresken an Badezimmerdecken. Er sagte, es sei ihm egal, was wir tränken. Ich trank, er wollte meine Worte trinken. Das war der erste große Rückschlag. Dann wurde es fürchterlich. Er sprach von Schicksalsschlägen, erzählte seine Lebensgeschichte, von seiner Armut, seinen zunehmenden Schmerzen, den langen Jahren der Ausbildung, seinen Kochkursen und wie er betrogen wurde. Und schließlich von seinen gegenwärtigen Umständen, wo er allabendlich den Bus verpaßte, weil rücksichtslose Gäste herumtrödelten. Sie trödelten um so mehr, wenn er ihnen einen farblosen Schnaps mit Kaffeebohnen gebracht hatte, den er anzünden mußte. Er erzählte, daß manche Gäste so betrunken seien, daß sie versuchten, die Flammen zu essen, besonders die Damen, die sich dann die Zunge und den Gaumen verbrannten und nach Salben und Gel verlangten und ihn baten, Erste Hilfe zu leisten. Und siehe, die Geschichte wurde noch trauriger. Sein Zimmer war kalt, seine Wände feucht und schmucklos. Er besaß keinen Schrank, nur zwei Metallhaken. Er besaß einen Ölofen, den er jedoch nicht anzündete, wenn er morgens aus dem Haus ging, weil er von zahlreichen Katastrophen mit Ölöfen, Familien und kleinen Kindern gelesen hatte. Es fehlten nur noch die Frostbeulen. Ich unternahm einen ernsthaften Versuch, ihn zu unterbrechen. Ich bombardierte ihn mit Fragen, Fragen, die seine Libido betrafen. Ich fragte ihn: Wie machst du es gern, normal oder Löffelchenstellung, magst du Gummisachen? Er laberte weiter. Ja, er hatte Freundinnen, und der Ablauf von Beziehungen sei der, daß er sich bei der ersten Begegnung wie ein Gentleman verhielt und ihnen Vergnügen bereitete, beim zweiten Mal sich selbst Befriedigung verschaffte und beim dritten und vierten Mal einen Streit anfing. Anfing. Ich betrachtete seine Fingernägel und bekam einen entsetzlichen Schock. Einer der Nägel war schwarz und unmäßig gewachsen. Soweit ich es abschätzen konnte, war er weich geworden und ähnelte eher Fleisch als Horn. Schade um die kleinen Vorbereitungen im Schlafzimmer, die Peitsche, die ich vorsorglich auf die Bettdecke gelegt hatte. Eine schwarze Peitsche auf einer weißen Bettdecke, eine eiförmige Seife, so gelb wie Eigelb. Die Peitsche war das Geschenk einer Frau mit hellwachen Augen, einer Libanesin, die sagte: »Vielleicht möchten Sie die in Ihrem Badezimmer aufhängen.« Zum Teufel mit dem Widerwillen, dachte ich, wir werden uns auf den Weg nach oben begeben und einfach irgend etwas tun, zur Not auch Yogaübungen. Ich bereitete Grog aus irgendeinem schwedischen Getreide, Hafer, wenn ich mich recht erinnere. Ich lächelte, zog einen Schmollmund, erweiterte meine Pupillen und all das. Aber seine Nägel kamen dazwischen, die gelblichen Nägel und der eine weiche, schwarze Nagel. Sein *Savoir-faire* verringerte sich, je mehr er von seiner Lebensgeschichte erzählte. So ist es immer. Er sprach von seinem verstorbenen Vater. Er sagte, wie einsam man ohne sei. Das hätte ich geistreich widerlegen können, tat es aber nicht. Er war mit einer bestimmten Absicht und Idee gekommen, und plötzlich, siehe da, stand der Tod seines Vaters zwischen uns. Ich hätte mich dafür erwürgen können, daß ich diese Gefühle hervorgerufen hatte. Es war alles so vorhersehbar. Das Gelaber. Wie sein Vater während seiner langen Krankheit immer dünner geworden war, daß aber unmittelbar nach seinem Tod die Wangen aufgebläht waren, so daß der Leichnam ihnen Ehre machte. Bauern. Je mehr er redete, desto stärker hatte ich das Gefühl, zu einem Schwamm zu werden. Nein, nicht zu einem Schwamm, sondern zu einem Stein, trokken, hart, unnachgiebig. Einem Bimsstein, den nichts durchdringt, nicht einmal ein Tröpfchen Mitleid. Sein Leben, sein schäbiges, kleines Leben nahm für mich Form an, als er es erzählte. Ich wurde nervös. Sah seinen Putz zu Boden sinken. Ich äußerte Mitleid, aber, was ich nicht ertragen konnte, war der Mittelfinger seiner rechten Hand. Der Nagel war nicht nur weich, nicht nur schwarz, er schien auch zu sprießen, sich unter meinen Augen zu verlängern. Zuerst hatte mich der Nagel abgestoßen, dann der Finger, dann die Hand, dann das Handgelenk. Und schließlich dehnte sich die Abneigung aus, und seine Fürze erfüllten das Zimmer, vergifteten die Atmosphäre, verursachten mein bekanntes Würgen. Seine Fürze waren von der allerschlimmsten Sorte. Man fragte sich, wodurch sie entstanden. Welche Wurzeln, Pflanzen, Knorpel und Lebensmittel hatte er in sich aufgenommen? Das Essen anderer Leute, das er beim Hereintragen gekostet hatte? Die Reste anderer Leute, die er beim Hinaustragen verschlungen hatte? Plötzlich sprang ich auf, bot ihm Geld an, ein Pfand, Wiedergutmachung, sagte ihm, daß er gehen müsse, abhauen, verschwinden, daß er in Gefahr sei, ein Liebhaber, ein Unhold mit Fischbeinmesser lauere, sein junges Leben in Gefahr schwebe. Geh, bitte geh, geh und laß eine Messe für deinen toten Vater lesen und such dir ein junges Mädchen aus der Toskana, eine von deinen Leuten. Es war gar nicht so einfach, er genoß die Abfuhr geradezu. Ich versuchte, ihn davonzujagen, von hier fortzujagen. Er kniete sich hin, er kroch, er verwünschte mich, er tropfte und sabberte. Schmiegte sich kniend an mich. Wie wir uns in unserer Erniedrigung glichen. Er bat mich, ihn nur zu halten, daß er so kommen würde und daß das dann alles gewesen wäre. Ach, diese Vorhersage. Es folgte eine kleine Ejakulation, nicht besonders gewichtig und mit einem besonders spritzenden Geräusch. Es hätte kaum schrecklicher sein können. Ich putzte, scheuerte den marokkanischen Puff und trocknete ihn mit einem Fön.

Dem Mond beim Bummeln zusehen. Ihn einzuladen. Dieses Zimmer und meinen eigenen, grauen Körper von den silbernen Fäden beleuchtet und durchwoben zu sehen. Eine Transfiguration. Den Mond anzustarren und Choräle, die ich nur zur Hälfte gehört habe, das sind meine beiden fixen Ideen, die es mit meiner Liebe zu allen kleinen Vögeln aufnehmen können. Diese leichtsinnigen, gefiederten Winzlinge mit ihren feurigen Kehlen. Ich habe gehört, daß es Vogelstreifen gibt, Kommandogruppen, die die Vögel ausräuchern und mit Scheinwerfern suchen, die den Gesang aus der Welt schaffen wollen. Möge Gott ihre Herzen verdorren lassen, möge ihnen das Blut in den Adern stocken …

Es ist drinnen und draußen dunkel, aber es wird die Stunde kommen, wenn das schwarze Licht widerwillig grau wird, dann graublau und vielleicht gegen Morgen, kurz vor Sonnenaufgang, wird ein rosa oder oranges Licht über den Himmel wandern und sich für einen Moment oder für eine Weile dort ausbreiten. Und ich werde eine erleuchtete Scheibe sehen, wie poliert, und mir sagen, daß noch nicht alles verloren ist, nicht alles trostlos ist, daß die Erde und der Himmel mir immer noch kleine Überraschungen bereiten, die Welt mit strahlendem Glanz überziehen können. Elfenbeinturm und goldenes Haus. Die Tauben gurren unter den Dachvorsprüngen. Und ich werde lachen oder weinen. Das ist kein großer Unterschied. Was will ich mehr.

Ich habe hier die Aufgabe des Hausmeisters übernommen. Sie brauchten jemanden, der die Post in Empfang nimmt, die Blumen gießt und so weiter. Auch um am Abend die Lichter anzuschalten, um den Eindruck eines bewohnten Hauses zu erwecken. Sie haben unsinnige Ängste davor, ausgeraubt zu werden. Sie überhäufen mich mit Postkarten, in denen sie schreiben, daß sie hoffen, nicht »du weißt schon was« zu sein. Antilopen, die durch die Ebenen laufen. Ich habe eine Donnerbüchse auf einer hohen Kommode deponiert, in der Hoffnung, daß dieser Anblick und obendrein der Anblick meiner hängenden Brüste und meiner Haferkleiemaske jeden brutalen Angreifer abschrecken werden. Er braucht nur ein bestimmter Typ zu sein, eine Art ausgestorbener Henker mit versteinerten Zügen, damit ich in Stimmung komme, die alte haarige Schlüssellochklappe hebe und Schenkel zeige.

Es ist überflüssig, hinzuzufügen, daß ich mir das große Schlafzimmer angeeignet habe, die Heizdecke und die Steppdecke. Das mir zugedachte Zimmer war ein kleiner Raum mit roter Tapete in der Farbe von Ochsenblut. Lil hatte die Kühnheit, mir dort eines Abends zu erscheinen, ganz in Leinen gehüllt und mit einem Rosenkranz um die Taille. Die Vorhänge hoben sich wie durch eine Flamme oder einen Windstoß, und da erschien sie, rosig und verjüngt. Voller weiser Sprüche über Jesus, den sie Jesu nannte. Das fand ich eine Unverschämtheit. Sie hatte kleine goldene Stecker in ihren Ohren. In mir stieg so ein gottverdammter Abschaum von Liebe auf, und ich wollte die Hand ausstrecken, um das weiße Ohrläppchen zu berühren, das vom Rand des Goldes nicht wund gescheuert wurde. Ich wollte hineinkneifen. Gleichzeitig wünschte ich mir, daß sie verschwinden möge, und sagte das auch. Sie predigte in ihrer gewohnten Stimme über die Freuden des Himmels und die entsetzlichen Qualen der Hölle. Ich wollte nach den Gesetzen und Statuten der Hölle fragen und wollte wissen, ob dort unglückselige Kinder geboren würden. Sie erzählte nichts von Vorhölle und Fegefeuer. Ich konnte das Zischen des verbrannten Fleisches riechen, während sie mich mit ihrer großartigen Geschichte ergötzte. Es war so lebendig, daß ich die armen Seelen sehen konnte, die sich am Drehspieß drehten, wie ich es im Imbiß gesehen hatte. Sie sah sehr erhaben aus. Um die Wahrheit zu sagen, die Erscheinung machte mir eine Heidenangst. Ich hatte Angst, daß sie sich ausziehen würde. Ich vergrub mich in der Matratze und schwitzte wie ein Schwein. Sie kam tatsächlich ins Bett, in das schmale Bett. Es ächzte. Ich wich aus. Wer hätte das nicht getan? Sie krümmte, neigte und beugte sich so, daß ihr Körper sich genau an meinen Körper anpaßte. Meine Rundungen und Kurven an ihre Rundungen und Kurven, und es fühlte sich so an, als seien wir zusammengeschmiedet oder aus einem Guß, wie eines ihrer berühmten Soufflés aus Perltang in seiner zitternden Form. Sie hatte Schiefertafeln mitgebracht, auf denen Grundsätze mit lauterem Gold aufgeschrieben waren, wie die zehn Gebote. Sie schrieben vor, wie ich den Rest meines Lebens zu verbringen hatte. Sie hielt sich an mir fest. Diese Sauggeräusche, dieser Eifer. Dann kam sie zu dem Schluß, daß sie für immer hier bleiben würde, um mich vollkommen zu bewachen. Sie ähnelte Hamlets Vater nicht, der zu einer festgelegten Stunde erschien, um die neuesten Staatsgeschäfte zu verkünden oder ein paar Intrigen anzuzetteln. Sie würde mich für den Rest meines Lebens verfolgen, die Zigaretten zählen, die ich rauchte, den Alkohol, den ich trank, die jungen Burschen, die ich mit nach Hause nahm, die intimen Momente mit dem Herzog. Sie würde mein Schutzengel sein. Ich hatte ein schreckliches Gefühl, eine erschütternde Erkenntnis: Man kann die Toten nicht umbringen. Und doch versuchte ich es. Als ich die Wärmflasche nach ihr warf, erwachte ich schreiend. Dann raffte ich meine Sachen zusammen.

Dieser Raum hier ist heller und luftiger. Das Bett steht auf einem Podest. Die Bilder und Gouachen zeigen den Rücken und den Hintern verschiedener japanischer Damen. Wie Tig gesagt hatte, schien er eine Vorliebe für Rücken zu haben. Die Schränke haben Jalousien, und die Schubladen sind geradezu unmenschlich ordentlich und duften nach Lavendel. Sie enthalten auch Mottenkugeln, die beim kleinsten Ruck hin und her schießen, und ich glaube nicht, daß es sich bei ihnen um die Originale aus Borneo handelt. In meinem Rausch hielt ich sie für Bonbons und biß in der Erwartung von Pfefferminzgeschmack in eine Kugel. In der letzten Zeit hat das Haus ein bißchen gelitten. Einen Tisch, den ich zerbrochen habe, habe ich entfernt. Ich habe einfach die Tür abgeschlossen und den Schlüssel auf einem meiner Nachmittagsspaziergänge in einen kleinen Teich geworfen, auf dem sich noch Eissplitter befanden. Dort soll sich auch der Karpfen John Dorys befinden, eine trostlose Brasse. Es war ein unmenschliches Zimmer, ein Eßzimmer, eine Leichenhalle mit zwölf Stühlen mit hohen Lehnen, einer Wärmeplatte aus Acrylglas und künstlichen Früchten, die ein wenig wie künstliche Hoden aussahen. Ich esse in der Küche und hocke dort auf einem Barhocker. Die Töpfe glänzen. Ich habe mich in den Topfböden betrachtet, und mein Spiegelbild strahlt tatsächlich. Es gefällt mir hier. Häufig, wenn ich die Treppe hinuntergehe, überrascht mich das Rascheln meines Rocks und jagt mir einen solchen Schreck ein, wie ein plötzlicher Schlag auf den Kopf. Ich höre auch das Salz auf mein Essen fallen, die leichte Erschütterung, wenn ich es auf meinen Bissen Kohl, oder was ich sonst gerade esse, streue. Ich bin verrückt nach Kohl. Ich hätte nichts gegen ein paar Beete mit Kohl im Rosengarten. Ich würde mit einer Spritzpistole hinausgehen und verhindern, daß die Schnecken sich bis zu seinem Herzen hindurchfressen. Dann gibt es noch andere unklare Geräusche, wie das Knarren der Balken. Vielleicht setzen sich die Balken oder begehren nach Hunderten von Jahren auf. Das ist nicht gerade musikalisch, aber das verlangt ja auch keiner von ihnen. Das schönste Geräusch, das ich jemals gehört habe, war das Zerreißen eines in sich zusammenfallenden Spinngewebes. Es war wie ein Mandala geformt und glitzerte in der Sonne wie Juwelen. Das war in Coose in einem Kesselhaus. In der Stille erklang dieses Geräusch, und dann wieder die Stille. Ich weiß nicht, warum es zerriß, es gab dafür keinen Grund, keine Faust, keinen Haken, aber es zerriß. Vielleicht wollte es aufgeben.

Ich gewöhne mich an das Alleinsein mit mir, meine Reden. Ich lege Patiencen, lege sie in verschiedenen Variationen. Dabei passiert es, daß die langen grauen Würste meiner Zigarettenasche in ein Möbelstück hineinbrennen. Ich springe voller Entschuldigungen auf. Ich werde die Flecken mit Terpentin entfernen, irgendwann, eines Tages.

Vielleicht hätte ich nicht herkommen sollen. Vielleicht hat es mich auf den Geschmack der Tagträumerei gebracht. Ich hätte Stallmagd oder Gesellschafterin einer Dame, vielleicht sogar eines Herren werden sollen. Aber an jenem Morgen, als ich mich hier bewarb, war es so wunderbar. Es war Herbst und das Licht wunderbar kupferfarben. Die Birkenblätter sahen aus wie Goldstücke, die breiten Granitstufen, die sich zum Haus hin aufschwangen, die beiden Klingeln, der Polizist, der herumschlenderte und alles überwachte. In dem Haus war alles sonnig, alles klimperte und klingelte. Und als ich zu den hohen Decken und Gesimsen hinaufblickte, sah ich mich schon orientalische Feste und Abendessen geben. Als allererstes machte ich mich mit den Lichtschaltern vertraut. Ich kenne die Lichtschalter in- und auswendig. Wahrscheinlich kenne ich sie sogar besser als die Bewohner selbst. Auf einem der Absätze befindet sich zum Beispiel eine Reihe von Schaltern, die die oberen und unteren Lampen, sogar bis zum Keller hinab, betätigen. Ich kann zu jedem dieser Schalter gehen und weiß genau, welche Lampe ich anschalte. Das habe ich nächtelang geübt und bin dabei hoch und runter gelaufen, um zu prüfen, ob ich richtig geschaltet hatte. Was den Keller betrifft, so mußte ich mich bücken und den Lichtschein durch den Türschlitz betrachten, da er abgeschlossen und mit einem Vorhängeschloß versehen ist. Nun gehe ich auf und ab, nur um mir selbst zu applaudieren und zu beweisen, daß ich in diesen Dingen kein Tölpel bin. Das gleiche gilt für den Teppich und das Treppengeländer. Ich habe beides sowohl mit den Augen als auch mit den Fingerspitzen abgetastet, bei jeder Beleuchtung, sogar in der Abenddämmerung. Ich weiß, wo sich kleine Fehler befinden, wo das Gewebe dünn wird und die Oberfläche des Geländers abgenutzt ist. Ich habe gekniet. Was für ein Glück, daß sie mich nicht dabei fanden, wie ich den Kopf auf den Boden schlug, wie der Araber, bevor er den Star stach.

Wenn ich spazierengehe, habe ich oft das deutliche Gefühl, daß sie zurückgekommen sind, sich selbst eingelassen haben und von meinen Gewohnheiten angewidert sind. Von dem kleinen Altar, den ich mit Kerzenwachs auf dem gemusterten Tuch gemacht habe, die verschiedenen Statuen und Abbilder, dem Schal, den ich über den Gebetsstuhl drapiert habe. Das macht mir nichts aus, solange ich bleiben kann. Ich wage gerne etwas und gehe auf eine kleine Entdeckungsrunde, aber nur, solange ich auch wieder zurückkommen kann. Ich habe einen Ersatzschlüssel eingegraben, in einem kleinen Erdloch. Ich weiß nicht genau, was ich mir wünsche, was ihnen zustoßen soll, solange sie nur auf unbestimmte Zeit, oder für immer, fortbleiben. Sie müssen ja nicht sterben, solange sie nur niemals wiederkommen. Ich weiß, daß es sinnlos ist, und doch bitte ich darum. Sie könnten Entdecker werden, Helden, Jäger, Aussätzige, irgendwas. Sie könnten Eingeborene werden, sich einem Stamm anschließen. Ich bereite für diesen Zweck eine Novene vor. Natürlich weiß ich, daß es sinnlos ist. Ich weiß, daß sie zurückkommen werden, und vielleicht kommen sie auch vor der abgemachten Zeit zurück und überraschen mich. Sie waren kaum weg, als ein großer Blumenstrauß abgegeben wurde. Es war an einem Montag. Winterblumen und leuchtende Winterblätter. Es waren sogar Kamelien dabei. Ich zögerte erst eine Weile, bevor ich sie ordnete. Zuerst stopfte ich sie alle in einen großen Krug, wie ein Dienstmädchen aus Coose. Dann erinnerte ich mich daran, daß ich jetzt der Hausherr war, die Herrin, die Äbtissin, und ich holte mir verschiedene Vasen und Krüge sowie Wasser und Schwämme und arrangierte die allerschönsten Zusammenstellungen. Dann trat ich einen Schritt zurück und machte eine Bemerkung darüber, als ob es hier jemanden gäbe, zu dem ich Bemerkungen machen könnte. Die letzten von ihnen befinden sich unten im Wohnzimmer. Es sind Mimosen. Sie sind verblaßt, haben sich zusammengerollt und sind vertrocknet. Nun besitzen sie die Unverschämtheit, auseinanderzufallen. Bevor sie dann tatsächlich fallen, schweben sie in der Luft wie Knöpfe, weiche Stoffknöpfe aus vertrocknetem Gelb. Wenn ich ein Krabbennetz hätte, würde ich es darunter halten, um sie aufzufangen, aber ich habe keins. Selbst wenn ich einen kleinen Sprung mache und in die Hände klatsche, verfehle ich sie stets. Schlechte Koordination.

Es gibt hier ein kleines Zimmer, in dem ich mich ständig aufhalte. Die Tapete ist geblümt, so hübsch wie Trugdolden. Es gibt dort einen wunderschönen Vogelkäfig, türkis und weiß. Das ist meine Nische. Hier steht auch ein runder Tisch mit einer Glasoberfläche. Unter dem Glas befinden sich Postkarten, Andenken und Blätter. Ich bin sehr besitzergreifend, was diesen Raum betrifft. Ich wünschte, er gehörte mir. Mir gefielen zum Beispiel die Schnappschüsse von Jonathan und Tig nicht, weil sie zu glücklich und zu blasiert aussahen. Ich habe sie entfernt. Ich habe sie in eine dicke Kladde gelegt. In diesem Zimmer gibt es auch verschiedene Gegenstände, mit denen ich spiele. Es gibt Bälle auf Drähten, mit denen ich spiele und die ich necke. Ich stoße sie gegeneinander, lasse sie miteinander kämpfen, sich vertragen und umeinander drehen. Insgesamt sind es vier Bälle, die auf vier verschiedenen

Drähten befestigt sind. Alle sind an demselben Podest befestigt, sind am Fuß miteinander verwachsen. Sie sind unterschiedlich hoch und haben unterschiedliche Farben, wie wachsende Kinder einer Familie. Sie sind gelb, rot, marineblau und grün. Sie werden es niemals leid, daß an ihnen herumgezogen wird, sie weigern sich nie, mitzumachen, aber das tue ich auch nicht. Sie befinden sich auf der Liste von Dingen, die ich stehlen werde, falls ich rechtzeitig von ihrer Rückkehr erfahre. Außer den Bällen und dem kleinen Tisch gibt es noch einen dritten Gegenstand, den ich begehre. Es handelt sich um eine Frau aus Pappmaché, gräßlich aber nett. Sie hat dicke Brüste, die sich sogar ausdehnen und aus ihrer Seite herauswachsen. Ihr Haar ist ebenso wie ihr Gesicht grünschwarz und fließend. Ich trage sie umher. Bei den Mahlzeiten lehne ich sie an. Sie heißt »Sofortige Demut«. Sind Namen nicht lustig? Ich heiße Mary. Gott sei Dank heiße ich nicht Babette oder Dymphna. Nein, ich heiße Mary. Wenigstens haben sie dabei ein wenig Anstand bewiesen. Schlicht und einfach Mary Hooligan.

Die Blumen wurden aus einem Laden gegenüber von der Bushaltestelle geliefert. Darin hängt ein Schild mit der Aufschrift MACHEN SIE SICH FREUNDE, SCHENKEN SIE BLUMEN, KRÄNZE UND KREUZE. Das Leben ist voller kleiner Zeichen, kleiner Bestimmungen, kleiner Verlockungen. Gestern entdeckte ich auf meinem Nachmittagsspaziergang etwas besonders Liebenswertes. Ein kleiner, handgeschriebener Zettel SCHWARZWEISSE STILLENDE MUTTERKATZE ENTLAUFEN, DIE KÄTZCHEN SIND VERZWEIFELT. Herzzerreißend. Trockene Mäulchen, trockene Zungen, trockene Hälse. Ich schalt mich aus. Wenn ich mich doch nur in einer solchen Situation engagieren könnte, einspringen würde, wie es so schön heißt. Aber ich tat es nicht, tue es nicht. Weiche immer wieder zurück, von dem gelegentlichen Raubzug aus Lust und Aufregung einmal abgesehen.

An dem Morgen, als sie abreiste, zeigte sie auf ein paar Tropfen Whiskey in einer Flasche und sagte: »Vielleicht wollen Sie es sich an Ihrem ersten Abend alleine ein wenig gemütlich machen.« Ich trinke jederzeit gerne ein Schlückchen. Es ist angenehm, auf seinem Bett oder dem Bett eines Liebhabers zu liegen und zu spüren, wie der Alkohol durch die Adern fließt, die Gedanken Amok laufen und das Gehirn wie ein alter Zweig oder ein alter Wirbel von den mannigfaltigen Verlusten des Lebens durchsetzt ist. Ich sagte nichts zu ihrer Knauserigkeit. Ich fragte sie, ob sie an ihr Zitronellenöl gedacht hätte. Das Geschwätz von Coose kotzt mich an. Dann erwähnte ich die herrliche Aussicht. Wir standen beide und sahen hinaus auf die feuchte, graue Umgebung. Auf dem Fenster befand sich noch etwas Schnee aus der Weihnachtszeit. Künstlicher Schnee, der in der Form von Schneeflocken aufgesprüht war. Das Muster sollte ursprünglich die Form eines Ankers haben, aber die Zeit und die Umstände und vielleicht auch ein paar kleine Fingerchen hatten daran herumgepfuscht. Für mich sah es nun aus wie ein Kreuz. Das ist doch nicht zu fassen. Wenigstens war es ein weißes Kreuz und kein rotes, wie bei dieser Blutkörperchengeschichte in Coose. Es waren richtige Metzger, diese Künstler, alles in rot. Togen, Kleidungsstücke, Wunden, Entzündungen, Lendentücher, Taschentücher, Handtücher, Vorhänge, nicht zu vergessen das eigentliche Blut, eimerweise Blut. Ich weigerte mich, das Kreuz entfernen zu lassen, als die Fensterputzer kamen. Nach Tigs Anweisungen werden die Fenster alle drei Wochen geputzt. Sie möchte nicht, daß sich der Schmutz festsetzt. Sie glaubt, daß er dann das Glas zerkratzt. Vielleicht hat sie recht, vielleicht. Der Fensterputzermeister ist auf dem linken Auge blind, und das Ende seiner Leiter scheint häufig genau auf das Glas zu zielen. Die Dekorationen, die Lorgnetten, die Barren und Tränenfläschchen fliegen bei der kleinsten Berührung zu Boden. Ich sagte ihnen, daß sie das Kreuz dran lassen sollten, weil ich dachte, es könnte mir beim Aufsagen der Litaneien helfen. Der jüngere Fensterputzer blinzelte mir zu und fragte mich, ob er seine Leiter dalassen könnte. Nichts als Leitern, zur Decke, zum Himmel, zu den Bewohnern über und unter mir. Ich wich aus. Ich stellte mich. Ich fragte ihn, wann er sie wahrscheinlich abholen würde. Das war für mich eine heroische Geste, eine kühne Frage. Er nannte eine Zeit am folgenden Tag, die unangemessen früh war. Ich wußte, daß ich dann wie ein Fötus zusammengerollt im Bett liegen würde. Unter meiner Leinenwäsche, ihrer Leinenwäsche. Ich würde in meinen Träumen Morde begehen, oder mit Teufeln kopulieren, von ihrem Backenbart geküßt. Auf keinen Fall. Ich schüttelte den Kopf. Er grinste, dann folgte ein unwillkürliches Blinzeln, und er deutete mit einem Neigen des Kopfes zum oberen Stockwerk. »Gehen wir hoch?« fragte er. Ich ging ihm direkt voraus. Sein alter Pimmel erstarb vollkommen, wurde trocken wie sein braunes Poliertuch. Ich hatte die Eingebung, daß es so etwas wie einen Pimmelgänger geben sollte, ebenso wie es in der Baronie Coose Wünschelrutengänger gegeben hatte. Sie waren richtige Rabauken. Sie waren fast immer leidgeprüft, blind, oder verstümmelt, immer voller Pockennarben. Sie suchten die Felder mit ihren Stöcken und Stäben heim, machten falsche Hoffnungen, echte Hoffnungen, überhaupt keine Hoffnungen. Sie hatten gewaltigen Hunger. Sie liebten Lebensmittel, griffen herzhaft zu und aßen dann die Reste, die Innereien des Geflügels, die Knorpel und das Fett. Schlecht für ihre Mägen. Lutschten die Knochen aus. Bewahrten Knöchelchen zum Weissagen auf, ein Gebiet, in dem sie wahre Meister waren. Wenn man ihnen Glauben schenken konnte, waren sie sehr belesen, lasen die Kamingeschichten über Brendan den Seefahrer und das mächtige Volk von Dana, ebenso wie Spukgeschichten und die blutrünstigen Heldentaten der Königin mit dem braunen Bullen.

Meine Herrin ahnt noch nichts. Ich habe zahlreiche Flecken verursacht, ich bin eine Meisterin im Kleckern. Außerdem habe ich die Scharniere des Schreibtischs mit meinem Daumennagel zerkratzt. Das passierte eines Nachmittags oder Abends, als ich geistesabwesender oder verspielter war als gewöhnlich. Ich muß abgelenkt gewesen sein, vielleicht schaute ich draußen den Straßenfegern zu, einem Haufen Kobolde, oder ich betrachtete die zerfetzte Rinde der Platanen. Ich habe immer noch starke Zweifel, ob diese Rinde, wenn sie mit Essig aufgekocht wird, gut gegen Durchfall ist. Nicht, daß ich Beschwerden hätte. Ich bin kerngesund. Vielleicht habe ich mir die Schatten angesehen und überlegt, ob sie eigentlich ein Schreckgebilde sind. Eindringlinge, die kommen und gehen, ein V bilden, es wieder zerstören, sich vervielfältigen, zusammenziehen und ausdehnen und unglückliche Menschen vollkommen benebeln. Aber mich nicht. Ich spiele mit ihnen. Ich versuche sie dazu zu bringen, bestimmte Dinge zu tun, zusammenzustoßen oder zu verweilen. Oh, ihr Schatten, geht nicht fort. Manchmal verlassen sie mich, dann wieder sind sie so zahlreich und überall gleichzeitig, daß ich sie im Knien fast greifen kann, wie sie über die Täfelung der Wand entlang wandern.

Während einer meiner Orgien unterließ ich es, die Vorhänge zu schließen, so daß die Nachbarn vielleicht zugesehen haben. Sie lächeln mich immer noch an, obwohl es eher ein Grinsen ist. Sie sind Koreaner. Vielleicht sind sie ja auch Playboys. Uns trennen hohe Holzzäune aus schwarzen, mit Kreosot bestrichenem Holz. Wir sind uns dennoch der Gegenwart der anderen bewußt, wissen, wie wir in unseren Bastionen verdauen und langsam verfallen.

Ich hatte auch Diebe hier, ein Pärchen. Ich traf die männliche Hälfte, als ich zum Postamt ging. Ich gehe dort zweimal wöchentlich hin für den Fall, daß der Junge geschrieben hat. Manchmal schreibt er zwei oder drei Briefe auf einmal, dann wieder wochenlang nichts. Es hängt davon ab, wo er gerade ist. Die Briefe sind immer mit leuchtenden, sehr bunten Briefmarken beklebt, beinahe wie mit Abziehbildchen. Ich fahre mit dem Bus hin. Im Zentrum herrscht Hektik. Ein ganz anderes Tempo, ganz andere Menschen, andere Mienen, andere Hautfarben. Manche lassen sich treiben, andere haben ein Ziel, Büromädchen, die ihr Geld ausgeben und wie Etruskerinnen auf ihren Köpfen Teekartons balancieren. Ich lasse mich auch treiben. Es handelt sich dabei eher um ein Ritual. Ich denke: Je länger ich trödele, desto größer ist die Wahrscheinlichkeit, daß ein Brief angekommen ist. Da stand ich also wie festgenagelt vor einer Glasscheibe, als sich mir ein junger Mann näherte. Er trat in die Tür, und ich schaute mir die Bilder an. Es war eine Stripteasebar. Seine Stimme war trocken und unmelodisch. Er machte mich nicht an oder dergleichen, er erzählte mir einfach von seiner Mutter. Er hegte einen tiefen Groll gegen sein Heimatland, dessen Stacheldraht sie überwinden und in dem sie ihren Schmuck und ihr böhmisches Kristall zurücklassen mußten. Er zeigte mir ein Foto, und ich mußte lachen, weil seine Mutter so fett war. Sie saß auf einer Bank einem Hafen gegenüber, und es sah so aus, als werde die Bank auf der Oberfläche der Schwarzweißfotografie gleich zusammenbrechen. Das Wasser war ganz ruhig, aber die Bank schien zu wackeln, weil die Mutter so bombastisch war. Dann erzählte er mir von der Militärakademie, die er besucht hatte, den Foltern, den Abartigkeiten und so weiter. Ich lud ihn für den folgenden Sonntag zum Tee ein. Zündete Kerzen an, besorgte eine Flasche Wein aus seinem Heimatland, Servietten um die Eiersandwiches drapiert, alles sehr gepflegt. Ich dachte, ich wäre mit ihm allein, aber dann kam er auf einem Motorroller angefahren und brachte ein Mädchen mit. Sie hieß Daphne und hatte Grübchen. Ich verbarg meine Enttäuschung, indem ich herumalberte und ihnen gleichzeitig Tee und Wein anbot. Sie waren hungrig wie die Wölfe. Ich stellte ihnen eine kleine Falle, verließ unter einem Vorwand das Zimmer und kehrte direkt zurück. Ich hätte sie umbringen können. Da saß sie und führte seine Hand als eine Art Vorspiel unter ihren Rock. Ich wurde knallrot. Ich beschloß, sie zusammenzuführen, als ihre Kupplerin, und mich so über ihr kleines Gefummel zu erheben. »Ach ja, das junge Glück«, sagte ich. Wie gewöhnlich erkannte ich mich selbst nicht wieder. Das passiert mir oft, es sei denn, ich mache etwas ganz Gewöhnliches, pflanze zum Beispiel eine Zwiebel, wobei ich das Loch mit einer kleinen Kelle fülle, oder wenn ich Pfannkuchenteig zubereite. Er zeigte seine Radierungen vor, seine Schnappschüsse: Sie hing von der Decke, und er hatte einen riesigen Schwamm zwischen den Oberschenkeln, auf dem er seine Lanze verführerisch ausgebreitet hatte. Sie errötete. Es war ein hübsches Erröten. Erinnerungswert. Es breitete sich von ihrem Nacken und ihrem Hals nach oben hin aus. Im Nacken war es zum Beispiel blasser, der Nacken war ursprünglich strahlend weiß, aber auf den Wangen wurde die Röte durch ihre natürliche Rosigkeit verstärkt, so daß ihre Wangen leuchtend rot wurden. All diese verschiedenen Farbflecke schienen sich in Form und Umriß zu verändern. Sie war hübsch, ganz reizend. Sie war jünger als ich. Er öffnete ihr Mieder. Sogar ihre Brust war gerötet. Die Farbe überzog sie wie Portwein Lackmuspapier. Ich hielt sie, ganz fest.

»Ich wußte, daß du das machen würdest«, sagte er, nahm eine meiner Hände und brachte sie mit seiner Hand zusammen, die ihre Hand bereits hielt. Ich drückte und drückte sie. Ich zügelte meine Eifersucht. Ihre Beine waren zusammen, die Oberschenkel aneinander gepreßt. Ihre Sittsamkeit war einladender, als eine Einladung es gewesen wäre. Wir befanden uns im Salon, den Tig die Kasbah nannte. Wir waren atemlos, sie schnappte, ständig errötend, nach Luft, er schnappte mit den Zähnen. Seine geschickte Zunge, unsere zarten Ausdünstungen durchdrangen alles wie Dampf. Eine meiner Aufgaben war es, sie für ihn zu entkleiden. Sie hielt ihr Kinn gesenkt und ihre Augen nach oben gerichtet, um uns beide anschauen zu können, ein flehentlicher Hundeblick. Ihr Haar war aschblond, aber ihr Prachtstück weiter unten war braun, mausbraun. Sie atmete stockend, schaute viel häufiger ihn an als mich. Dann war er im Adamskostüm. Er war von Narben übersät, das hätte mich warnen sollen, daß er zur Unterwelt gehörte. Sie war wie eine Pythonschlange, mit ihren Fingernägeln und ihren Zähnen, eine kleine Pythonschlange, die sich einen Spaß macht. Seine Schneidigkeit mußte wohl aus seiner Zeit beim Militär stammen. Ich hatte den Eindruck, daß er ebenso gerne eine Partie Billard gespielt hätte. Während der ganzen Zeit, sogar als sie begann, sein Haar zu kämmen, es mit ihrer Drahtbürste zu bürsten, fragte er mich, ob ich irgendwelche reichen Bekannten hätte. Dann hatten wir eine angeregte Diskussion darüber, worin Reichtum bestand. Er dachte in Millionen, ich dachte an weniger. Die ganze Zeit über sagte sie zu ihm: »Komm, Milos, komm.« Ich hatte das Gefühl, daß er durchaus etwas unterschlagen könnte. Er fragte mich nach alleinstehenden Witwen in meiner Bekanntschaft, er sei gerne bereit, den Sexprotz zu spielen. Ich nehme an, er gehörte zu einer Bande, und sie ebenfalls. Sie war ihm treu, wie ich jetzt weiß, eine treue Komplizin. Er war sehr oberflächlich zu ihr. Er interessierte sich auch für Pferde, fragte, ob ich jemanden mit Pferdeställen in der Bekanntschaft hätte und ihm eine Einladung für ein Wochenende besorgen könnte. Ab und zu stieß er sie an, als wäre sie eine Stute, nannte sie zottelig und vögelte sie. Ihre Augenbrauen waren vollkommen abrasiert, was eine drastische Wirkung hatte und sie wie ein Gorgonenhaupt aussehen ließ, so als sei sie zuvor eine Schlange gewesen. Sie war ziemlich rauh und bekam schnell blaue Flecken. Ich hatte das Gefühl, irgend etwas tun zu müssen, deshalb nahm ich einige Stückchen Kohle in die Hand und legte sie auf das Feuer. Das Komische an der Sache war, daß sie gar nicht miteinander redeten. Man hörte kein Daphne, kein Liebling, kein mein kleines Schätzchen. Er machte alles mit und genoß es, aber er ließ es an Leidenschaft fehlen. Er paßte den Moment ab und steckte einen Messingstab in sie hinein. Obwohl sie sich wehrte, wand sie sich zu ihrer Befriedigung hin und her. Plötzlich schlug er sie, zwang sie, sich hinzusetzen und Kardamom zu essen. Sie hatten einen Vorrat davon in einer Plastiktüte mitgebracht. Dann weinte sie, begann zu schniefen, so daß ich sie wieder zusammenbringen mußte. Sie sagte, daß er sie einmal für drei Tage lang k.o. geschlagen habe, was sie nicht noch einmal durchmachen wolle. Sie stieß kleine Maunzer aus, sanft und säuselnd, die ganze Angelegenheit war recht harmlos. Ich stand dort wie ein Standbild, die Strümpfe heruntergerollt, aber sonst völlig angezogen. Ich dachte, daß ich besser irgend etwas unternehmen sollte und baute deshalb eine Art Unterlage aus den Seitenpolstern und zog sie dorthin wie zu einer Hängematte. Ich legte ihre Stirnen aneinander und ließ sie Nasen reiben wie die Eskimos. Ich legte mich daneben und sagte Worte, die sie anstacheln sollten. Ich mußte mir dafür den Kopf zermartern und mich an meine glücklichen Nächte erinnern. Ich brauchte nur zu gurgeln, zuzustimmen oder abzulehnen, nach einem Daumen oder großen Zeh zu fragen, damit er mich zur Kenntnis nahm. Ich dachte, wir würden uns glänzend verstehen. Ich brauchte sie nur kneifen, um seinen Beifall zu finden, und umgekehrt. Und schließlich, nach langem Zögern im vollen Stoßen und in der Raserei ihrer Kapitulation, erhielt ich den meisten Dank, und es war mein Name, den beide murmelten. Bald waren sie wieder zu zweit. Wir setzten unsere Unterhaltung fort, sie verzehrten Brote und Kuchen. Es war alles in Butter. Schließlich mußte er gehen, um seiner Arbeit als Türsteher nachzukommen. Sie lag auf dem Bauch und wärmte sich am Feuer, ein naturweißer Schal bedeckte ihr Hinterteil. Da waren wir nun, aneinander gekuschelt. Sie küßte mich. Sie erzählte mir, daß sie ihr Haar selbst gefärbt habe. Sie weinte ein bißchen und sagte, daß sie keine Intimsphäre habe, da er immer jemanden dabei haben wolle. Einen besten Freund, einen Feind, einen Gangster und meistens einen Krüppel. Sie sagte, daß die Gangster die eigentlichen Softies seien und sich nach Heirat und Kindern sehnten. Ich fragte sie nach seiner dicken fetten Mama, und wir beide lachten, plusterten unsere Wangen auf, bis unsere Bäuche schmerzten. Wir waren so ausgelassen, der Schein der Flammen tanzte an der getäfelten Tür, ihr Schal, ihre Armreifen, der Toast, zu dem wir Quittengelee aßen, das ich auf dem Basar gekauft hatte. Ich hielt ihr die angezündete Kerze vor Gesicht und Brust, denn inzwischen war es dunkel geworden. Ich stellte sie mir mit einem Luchspelz vor, mit schwarzblauem Haar, geschwungenen Augenbrauen und einem Diadem auf dem Kopf. Ihr Lächeln war so jung, so aufrichtig, sogar ihr leichtes Grinsen. Ich wollte ihr Windeln anlegen und ihr Markenkleidchen anziehen und sie wieder in ein kleines Kind verwandeln. Sie sich selbst zurückgeben. Ich muß betrunken gewesen sein. Ich sah in ihrem Gesicht jedes Alter, ihre Kindheit, ihre Frechheit, ihre Bitterkeit, die Falten, die dazu gekommen waren, und die Falten, die noch dazu kommen würden. All ihre verschiedenen Masken, ihre Lügen, Andeutungen, ihre Tagträume, Unwahrheiten. Sie sagte, daß wir Freundinnen fürs Leben bleiben würden, wie Schwestern, und sie machte einen großartigen Vorschlag.

Sie wollte einen kleinen Stand aufmachen, eine Art Marktstand, und ich könnte mit ihr zusammen dort arbeiten, als ihre Partnerin. Sie zählte die Dinge auf, die wir auf Lager haben würden: Perlen, Ketten, Handtaschen, Stoffballen, alles aus dem Orient. Sie habe Kontakte nach Marokko. Ich half ihr beim Anziehen, hielt ihr sogar die Stiefel, während sie ihr Gleichgewicht verlagerte, um ihren Fuß hineinzustecken. Ich band ihr die Stiefel zu, die bis über ihre Knie gingen. Ich küßte sie auf beide Knie. Sie sagte, daß sie gerne ein Pferd hätte, ein Wägelchen. Wir verabredeten uns für Mittwoch.

»Die Schlacht ist geschlagen«, hieß es, als Troja fiel. Ausgeraubt. Direkt vor meiner Nase. Ich öffnete meine Tasche, um in mein Tagebuch zu schreiben, um Gott und dem Kosmos für diese Episode zu danken, da sah ich, daß mein braunes Portemonnaie verschwunden war. Das praktische Portemonnaie, das Lil für mich zugeschnitten und umsäumt hatte. Fast mein ganzes Monatsgehalt war darin. Angeschissen.

Zwei Abende später saß ich splitternackt auf einer Teekiste, und sieben Leute skizzierten mich. Alle hatten sie Blätter weißen Papiers, und mich machte die Vorstellung traurig, daß ihre Kohle dort Spuren hinterlassen würde. Nach der Flucht der Diebe machte ich mich auf den Weg zur High Street und studierte die Anzeigen in den Fenstern, wo ich schon einmal Jobangebote gesehen hatte. Ich ging systematisch vor. Erst las ich alle Anzeigen auf der einen Straßenseite, dann kehrte ich um und las die Anzeigen auf der anderen Seite. Dort entdeckte ich auch die Anzeige mit der entlaufenen schwarzen Katze, der stillenden Mutter. Es wurden auch verschiedene Sofas zum Verkauf angeboten, Wohnungstausch und sonstige Angebote. Manche Fenster waren erleuchtet, und es hingen sogar bunte Papierspiralen darin, die sich im Windzug drehten. Eines lag aber völlig im Dunkeln, in einer kleinen Veranda, und ich dachte schon, ich würde dort gar nichts finden. Und doch fand ich dort genau den richtigen Job für mich. Dort stand: *Modell für Künstler gesucht, teutonisch, bescheidene Bezahlung, abends.* Ich fühlte mich alles andere als teutonisch, als ich auf die erleuchtete Klingel drückte. Ein Holzkopf aus Coose. Sie hatten sich bereits versammelt, fünf Frauen und drei Männer, mit ihren verschiedenen Ausrüstungsgegenständen und Pinseln. Alles Amateure, bis auf den Leiter der Gruppe, der behauptete, von der Akademie zu kommen. Eindeutig ein Preuße.

»Sei locker, Herzchen«, sagte er, sobald ich mich ausgezogen und auf mein Podest geklettert war. Mein Podest war eine Teekiste, auf der ich im Schneidersitz sitzen sollte. Die zahlreichen Stacheln übertrafen an Unbequemlichkeit sogar das alte Roßhaarsofa. Hob man die Epidermis an einer Stelle, sorgte das nur für einen Ansturm von Zwicken an einer anderen Stelle. Die Flüche, die ich dabei unterdrückte. Ich kann immer noch die Splitter im Hintern fühlen, und kein guter Samariter eilt herbei, um sie herauszuziehen.

»Sei locker, Herzchen!« Ich schaute immer wieder zu meinen Kleidern, die auf einem Haufen in der Ecke lagen. Den Schal hatte ich aus Schicklichkeit darüber gebreitet. Aus Schicklichkeit! Ich fühlte mich ohne meine Kleider und Lockmittel wie ein Polyp. Er trat mit seinem Samtpantoffel nach mir. Die Besitzerin des Ateliers blinzelte mir zu, was wahrscheinlich ihre Art war, mich zu bedauern. Ich hätte sie nicht gerne nackt gesehen, da sie trotz ihrer weiten Kleidung sehr aufgedunsen war. Es gab keine Erfrischungen, nur ein paar Flaschen auf einem Tablett, um mich zu erfreuen. Ich kam zu dem Schluß, daß die Diebe Bruder und Schwester gewesen waren. Inzestuöse Diebe. Das half mir auch nicht weiter. Eine Zeitlang dachte ich noch, einer von den beiden käme zurück, um es wieder gutzumachen. Ich dachte, daß er es wohl sein würde.

Ich hatte schon überlegt, was ich mit meinem Lohn machen würde, nämlich ins Drake Café gehen, eine Kleinigkeit essen, danach in einer Ecke sitzen und nachdenken. Sie kennen mich dort und beschimpfen mich freundlich als Irin.

Ich mußte mir hochtrabenden Blödsinn über räumliche Einteilung und Konturen, meine Konturen, anhören. Sie ignorierten die Tatsache, daß ich sie hören konnte. Ich hatte Angst, daß mein Magen knurren oder ich schwitzen würde und daß sich der Talkumpuder ablösen und ich wackeln würde. Er hatte den ursprünglichen Gardenienduft verloren. Meine Schamhaare waren so verfilzt wie alter Stechginster. Ich unterhielt mich mit dem Gedanken an gelbe Ginsterblüten und die Stechginsterfeuer in der Johannisnacht, die Nacht, die wir die Nacht der Freudenfeuer nannten. Ich dachte daran, wie der Junge lachend darüber hinwegsehen würde. Das erste Mal, als er mich heimlich in den Armen eines Mannes erblickt hatte, hatte er gesagt: »Soll ich dich mit einem Sommertag vergleichen?« Es waren die Arme von Moriarty gewesen. Ich hatte keine Ahnung, welches Bild ich abgab, mit brennendem Gesicht, faserigen Muskeln, weißer Haut, und knallroten Knien, die aus meinen frommen Tagen stammten. Ich sehnte mich, schwitzend und zugleich zitternd wie ich war, nach einem Schluck aus seinem Whiskeyglas. Ihre Stimmen waren gedämpft, wie in einer Kapelle. Sie brauchten ewig, bis sie ihre Staffeleien in Hinblick auf das Licht und die Perspektive richtig aufgestellt hatten. Ihre Zeichenkohle machte unterschiedliche Geräusche, unterschiedliche Zusammenstöße mit dem Papier, einige seidig, andere mehr in Schnörkeln. Und ich saß da und hätte zu gern gewußt, wie ich wohl aussehen würde, und konnte mich doch nicht zurechtmachen oder lächeln, wenn ich meine Pose beibehalten wollte. Ich wußte, daß sich ein Krampf ankündigte. Sie waren ein Haufen Amateure, wenn man sie nach ihren Äußerungen beurteilen konnte, denn leider konnte ich das fertige Ergebnis wegen eines groben Zwischenfalls nicht betrachten. Er trat hinter eine Frau namens Hester und begann, sie zu verhöhnen. Sie schien sich auf meine äußeren Umrisse konzentriert zu haben, meine Hüften, meine Ellbogen, meine Konturen eben.

»Aber beim letzten Mal hast du doch gesagt, daß der Umriß das Wichtigste sei«, sagte sie.

»Zum Teufel mit dem Umriß«, sagte er. Und dann sagte er ihnen, daß sie dicht an mich herantreten und mich anschauen, einatmen, riechen, verinnerlichen sollten.

»Tu was für dein Geld, Herzchen«, sagte er und gab meinem Becken einen Stoß. Der eine Mann namens Joseph starrte meine Brustwarze so genau an, daß sie sich in seiner Pupille widerspiegeln mußte. Er kniete und kroch und gab sich alle Mühe, um sich über mich lustig zu machen.

»Mach deinen Arsch auf, zeig die Schinken her«, sagte der Preuße zu mir. Plötzlich roch ich Sennesblätter, das

Gebräu, das Lil uns immer samstags verabreichte, um innerlich und äußerlich für den Sabbat gereinigt zu sein. Ich hatte keine Ahnung, wie ich mich ausnahm, und sehnte mich danach, meine Puderdose zu nehmen und mich im Spiegel betrachten zu können, aber sie hatten sogar meine Handtasche entfernt. Die Teekiste knarrte, als ich mein Gewicht von der einen auf die andere Hinterbacke verlagerte. Er stellte sich neben jeden einzelnen und kanzelte sie ab. Thelmas Zeichnung war noch nicht einmal gut genug, um einen Vogelkäfig damit auszulegen. Aber Viktors Bild war ermutigend.

»Du bist immer besser, wenn sich ein Stück nacktes Fleisch im Raum befindet«, sagte der Kursleiter. Viktor zerbrach aus Protest seine Kreide. Dann sammelte er die Stückchen wieder auf und machte so weiter wie vorher. Ich durfte auch nicht rauchen. Ich war wie eine wild gewordene Schalttafel, die verschiedene Signale sendete: öffnen, schließen, spreizen, erweitern, zusammenziehen, Lil, Muttergottes, Jesus, St. Antonius von Padua, Eileiter, Blutung, Blüte, allein, für immer, niemals, durchhalten, Moses, König der Juden. Er bedauerte es, daß sie keine Polaroidkamera besaßen. »Lecker«, war das Wort, das er gebrauchte. »Spiel nicht den Zuhälter«, sagte ich plötzlich, worauf er äußerst nachtragend reagierte. Alle Michelangelos fingen an zu schreien und wurden ganz nervös, weil sie mit einer Schlägerei rechneten. Denn zu meiner Überraschung erhob ich mich und sagte es immer wieder, ich warf ihm vor, daß er gelbe Zähne und Schuppen hätte, was auch stimmte. Das Ergebnis war, daß ich mit meinen Kleidern unter dem Arm zur Tür hinaus gestoßen wurde und nicht einen Penny für meine entsetzliche Arbeit bekam. Ich zog mich im Vorgarten an, als er schimpfend und mit Werkzeug bewaffnet hinter mir her stürzte. Da schlitterte ich nun nackt die eisige Straße hinunter und schrie dabei: »Spiel nicht den Zuhälter«, während er fürchterliche Drohungen über Vergeltungsmaßnahmen, und was er mir alles antun wollte, ausstieß. An der Bushaltestelle traf ich eine Frau, die den Mut hatte, mich zu fragen, ob ich gerade betrogen worden sei. Es war eine sehr verständnisvolle Frau, die sagte, daß sie sich während des Krieges am besten amüsiert hätte, und sollte sie jemals wiedergeboren werden, dann bitte im Schützengraben, aber bitte nicht in Asien, wo die Männer krumme Organe hätten.

Vogelkacke auf dem Fenster. Ich habe nicht gesehen, wie es passiert ist. Verdammte Nachlässigkeit. Ich hatte an mir herabgesehen und die Stellen betrachtet, die langsam verkommen. Der arme alte Korpus, Korpus collosum, Musculus ciliare, Dentatum, Substantia spongiosum und Urethra und weiß der Teufel was noch. Die Knochen sollen angeblich darüber Aufschluß geben, aber ich habe bis jetzt noch nichts davon gehabt. Bald werde ich nur noch als Anstandswauwau zur Verfügung stehen, werde unter irgendeiner Laterne oder an einer Kreuzung warten, während irgendein Mädchen gekrault wird. So komme ich dem Leib Christi immer näher und näher. Wunderbar, die Fesseln abzuwerfen und mich auf die Seelenwanderung zu begeben.

Die Kacke hat dieselbe Farbe wie das Licht, kalkweiß. Sie ist unregelmäßig, kein richtiger Kreis, nicht einmal der Versuch eines Kreises. Ein weißlicher Klecks mit grauen Stückchen. Sie wird trocknen. Nichts ist mehr ganz so ekelhaft, wenn es getrocknet ist. Ich untersuche sie, aber ich berühre sie nicht und ziehe auch nicht hinter der Scheibe ihre Form nach oder presse die Stirn oder meine schnuckelige, kleine Nase dagegen. Es gab eine Zeit, wo ich das getan hätte und es auch tat. Ich ließ früher aus reiner Abwegigkeit meine Hand unter den dunklen Sumpf eines Hühnerpopos gleiten, während die Eier ausgebrütet wurden. Die dreizehn Eier, das Bäckerdutzend mit dem Tröpfchen des Kikeriki Galans darin. Das war nicht besonders erhebend. Die armen gluckenden Hennen waren hocherfreut und irregeführt. Sie hoben ihre schöne Turnüre und gackerten dankbar, dachten, daß ich sie retten, sie aus den dunklen Kammern dieser Brutkisten, in die sie eingesperrt waren, befreien wollte, aus diesen runden Eisentöpfen, die haarscharf den Umfang des Nestes ausmachten. Oh ja, ich erkundete diese unrühmliche Dunkelheit. Nun neige ich eher zu Höherem, richte mich nach oben, und meine treuesten Begleiter sind die kleinen Vögel. Singend, fliegend, wippend, tanzend, sich drehend, die verzauberten Vögel und die alltäglichen. Natürlich ist es nichts im Vergleich zum Frühling oder Sommer, wenn die Springbrunnen fließen und Wasser in die hübschen Schalen sprudelt. Dann sind die Vögel herrisch und geschwätzig, finden in den verschiedenen Pflanzen viele Insekten und Schnecken, strömen bei den Brunnen zusammen, singen, machen sich breit, kacken, verweilen nach Herzenslust. Wippen auf den schaukelnden Ästen und laufen niemals Gefahr, herunterzustürzen. Sogar jetzt fliegen sie beim kleinsten Geräusch weg, wenn ich eine Glocke läute oder an das Fenster klopfe. Aber sie sind innerhalb kürzester Zeit zurück, da sie wissen, daß nur ich es bin, die ihnen einen Streich spielt. Ich würde gerne die Vögel kennenlernen, die ständig ganz hoch oben in der Luft leben und die niemand sieht, bis sie tot zu Boden fallen. Das ist etwas, das ich niemals sehen werde. Komisch ist allerdings, daß der Vogel, der sich mir am meisten eingeprägt hat, ein ungeborener Vogel war, einer, der nie geboren wurde. Er lag flach in seiner Eihülle auf einem Waldweg, der von den Eicheln und Wurzeln der verschiedenen Bäume ganz weich war. Dieser Vogel war viel wirklicher als alle Vögel, die ich in Büschen oder Käfigen, oder auf dem Boden habe herumlaufen sehen, so wie in Coose. In der Paarungszeit, wenn ihre Hirnanhangdrüsen glucksten. Ich kann mit Sicherheit behaupten, daß ich viele Vögel gesehen habe. Vögel, die am Himmel kreisten und umherflogen, wenn sie im Herbst in den Süden zogen. Im Frühling, wie sie in den Baumspitzen nisteten, sangen, sich putzten, sich mauserten, aßen, umher spritzten, kopulierten und nach Schnecken pickten. Liebende Vögel, grimmige Vögel, geschäftige Vögel, tote Vögel auf der Landstraße, Vögel, die auf das Geheiß einer Jägerkugel hin tot ins Gestrüpp fielen und dabei ein bißchen Blut verloren, das so wunderbar zum Braun und Rostrot ihres Gefieders paßte. Vögel, die genau richtig gekocht wurden, gegrillte Vögel. Doch keiner dieser Vögel hat einen solchen Eindruck hinterlassen wie jener flache Vogel auf der Straße. Völlig intakt in seiner Eihülle, in den Tod gefallen, bevor er geboren wurde. So nah und doch so fern.

Die nächste Anlegestelle nach Coose war Liverpool. Es sah ganz anders aus, als ich erwartet hatte. Ich hatte eine Weltstadt erwartet, aber es war alles ganz schwarz. Selbst die Vögel waren schwarz, und die Straßenbahngleise waren alt und ausgefahren. Ich fand es großartig. Morgens, wenn ich noch im Halbschlaf lag, konnte ich die Eisenbahnwagen rangieren hören. Ich stellte mir vor, daß ich gerade ankam, den Bahnsteig entlang lief und mich fragte, wo ich eine Unterkunft finden würde. Wir waren ein fröhlicher Haufen, vier Mieter, alle ein bißchen sonderbar. Es gab ein schüchternes Mädchen, das die Jungfrau genannt wurde, eine Frau namens Moira, die in einer Bar arbeitete, und einen Mann, der glaubte, daß er zum Grafen avancieren würde. Wir wußten, daß das nicht passieren würde, aber sein großer Tagtraum wuchs uns ans Herz, und wir warteten auf sein großes Erbe. Er hatte den Plan, nach Northumberland zu ziehen und dort ein großes Haus zu führen, wo er sonntags mit einem Projektor Filme vorführen wollte. Wir würden Einladungen für die Wochenenden erhalten. An machen Tagen zog er sich eine gelbe Weste an und ging aus. Wenn er wiederkam, sagte er, er hätte sich mit einer Polizistin getroffen, der Tochter von Colonel Porter, mit gescheiteltem Haar. Er spielte es uns vor. Donnerstags holte er sein Arbeitslosengeld ab.

Moira war der Boß, sie sagte uns, wie wir uns hinstellen sollten, wie wir unsere Wirbelsäule halten sollten, wie wir unsere Handgelenke vorteilhaft zur Geltung bringen konnten. Sie ließ uns ein Lexikon auf dem Kopf balancieren. Ihr Freund war Ringer, aber wir begegneten ihm nie. Er war in London. Wir alle strebten nach London, sogar die Jungfrau.

Zu Weihnachten schickte der Ringer eine Karte mit dem Bild eines Schneetigers. Moira küßte die Karte und sagte immer wieder, wie schön und stolz die doch sei. Es stand kein Gruß darauf, nur sein Name, und zwar, wie sich herausstellte, ein Pseudonym. Er nannte sich Prinz. Wir verbrachten ein großartiges Weihnachtsfest. Wir legten für die Lebensmittel zusammen und halfen in der Küche. Das Fernsehen lief den ganzen Morgen. Wir knackten Nüsse und erzählten uns anzügliche Witze. Dabei gossen wir uns Whiskey in den Tee. Sogar die Jungfrau kam aus ihrem Schneckenhaus gekrochen. Sie arbeitete in der Handschuhabteilung eines Stoffladens und erzählte uns, wie knauserig die feinen Pinkel waren. Sie wollten, daß man wie aus Versehen die Preisschilder dran ließ. Sie schenkte uns allen Handschuhe, entschuldigte sich und wies darauf hin, daß es sich um zweite Wahl handelte. Nach vielem Drängen spielte uns Moira ihre Nummer vor, holte ihren Pelz und ihre grünen Schuhe und Strümpfe, stellte sich auf den Tisch, stampfte mit den Füßen und sagte Dinge wie »Mister« oder »Haste mal 'ne Kippe« oder »Cha Cha« und krümmte ihren Finger. Der Graf bekam, als einziger Mann unter uns, den Hauptteil ihres Lächelns und ihrer Erotik ab. Dann sang sie in einer lauten, sich überschlagenden Stimme das Lied von der Hure Biddy. Die Gans brutzelte im Ofen vor sich hin, ab und zu stach unsere Vermieterin Meg mit einer Gabel hinein, um das Fett auszulassen.

Ich erzähl euch die Geschichte von Biddy der Hure,
sie lebte in einem Hotel ganz ohne Türen.

Meg erzählte ihrer kleinen Tochter, daß Hure dasselbe sei wie Näherin. Das kleine Mädchen probierte die neuen Handschuhe von uns allen an und sagte »auf Wiedersehen« und »Adieu« und legte sie dann zurück in das Seidenpapier. Unten auf dem Boden machte sie Moiras Schritte nach, stolzierte herum und wackelte mit dem Popo. Meg küßte uns alle und sagte, wir wären ihre Kinder, ihre Kleinen.

Es gab an diesem Tag keine Margarine, wir alle bekamen saubere steif gestärkte Servietten. Wir waren alle ein bißchen berauscht von dem Durcheinander: Whiskey im Tee, Portwein und dem Punsch zum eigentlichen Essen. Es gab keinen Streit, kein Gerangel um die Soße, und die Vermieterin schimpfte auch nicht mit dem Grafen, wie er in der letzten Nacht die Toilette benutzt hatte.

»Wenn ein Mann spät in der Nacht nach Hause kommt, soll er leise in die Schüssel pinkeln und nicht an der Kette ziehen«, war eine ihrer häufigen Redensarten.

Aber der Weihnachtstag verlief nicht völlig ungetrübt. Moira weinte und sagte, daß sie eigentlich Primaballerina hatte werden wollen und daß sie dafür nur zu groß geworden war. Das kleine Mädchen zog Ballettschuhe an, die nicht zusammenpaßten, drehte Pirouetten und weigerte sich, etwas zu essen. Ihre Mutter steckte ihr die besten Bissen in den Mund, sie aber küßte sie nur und lief davon. Ganz ohne Grund fing die Jungfrau plötzlich an zu weinen und sagte, daß sie gar nicht heiraten wolle oder so, aber sie würde so gerne in einem Kreißsaal ihr eigenes Baby bekommen, woraufhin Moira zum Kamin rannte, ihre Weihnachtskarte an sich drückte und sagte, das sei der allerschönste Schneetiger, das einsamste Tier der Welt, und ihr Freund sei auch einsam. Scheinbar hatte sie beim letzten Mal, als sie miteinander Sex hatten, ihre schwache Seite gezeigt und geweint. Meg sprang auf, bekreuzigte sich und sagte: »Keine Flüche vor den Kindern.« Schließlich zog der Graf, der von den ganzen Gefühlen vollkommen betrunken und überreizt war, seine gelbe Weste aus und erklärte. »Ich werde nicht Graf, sondern Klomann. Ich werde mich hocharbeiten, bis ich der oberste Klomann im ganzen Distrikt Northumberland werde.« Wir lachten alle, aber er war beleidigt und sagte, daß wir gar nicht wüßten, was für ein Opfer er bringen würde, indem er es aufgab, der Graf von China zu werden.

Bald darauf lernte ich Dr. Flaggler kennen. Er kam durch das Geschäft und fragte nach der Lebensmittelabteilung. Ich arbeitete bei den Schreibwaren. Er wirkte sehr aristokratisch, verglichen mit dem Grafen und den Romeos von Coose. Ich war von seinem Auftreten und seinem Interesse an mir ganz hingerissen. Er machte mit mir einen Ausflug vor die Stadt und zeigte mir die weite Meeresbucht, von der aus man bis Llandudno schauen konnte. »Ich hoffe ja sehr, daß du nicht diese Schuhe anziehen willst«, sagte Meg. Es waren neue Schuhe, die ich im Winterschlußverkauf erstanden hatte, rot und mit Riemchen. Die Jungfrau hatte mich mit ihrer Brennschere frisiert, und Moira hatte mir ihren Muff geliehen. Meg fragte mich über ihn aus, ob er ein Gentleman sei, ein »bedeutender« Mann. Sie wollte zu gern jemand Einflußreiches vom Theater kennenlernen, um der Karriere ihrer Tochter auf die Sprünge zu helfen. Ihre Tochter war damals ungefähr zehn und arbeitet inzwischen als Platzanweiserin im nächstgelegenen Kino.

Im Anschluß an das Weihnachtsessen stapelten wir das Geschirr und gingen direkt ins Wohnzimmer, um dort Knallbonbons zu ziehen und zu faulenzen. Die Vermieterin und der Graf schliefen schon bald ein. Die Jungfrau öffnete mit dem Daumennagel immer wieder ihr Medaillon (ein Geschenk) und legte schließlich eine Haarsträhne hinein, vorläufig ihre eigene, wie sie sagte. Das kleine Mädchen fragte, ob eine Hure wirklich eine Näherin sei, und wir antworteten mit nein. Moira begann, ihr den Text des Liedes beizubringen, und sie sangen es im Flüsterton. Das Gesicht der armen Meg war im Schlaf ganz verzerrt, als ob sie erwarten würde, hinausgeworfen zu werden. Sie hatte in vielen Häusern gewohnt, aus denen sie jedesmal bei Nacht und Nebel mit ihren Apfelsinenkisten und Heiligenbildchen durch die Hintertür verschwinden mußte. Plötzlich setzte sie sich auf und dachte, sie sei wieder in die Zeiten des Herumstromerns zurückversetzt. Als sie uns sah, lächelte sie und legte sich wieder zurück. Abends aßen wir gebratenen Plumpudding und zählten überaus zufrieden die verschiedenen Getränkemischungen auf, die wir seit dem Morgen zu uns genommen hatten.

Weitere Demütigungen. Ein anderes Zimmer, ein anderes Fenster, vor dem ich stand und aus dem ich hinausblickte. Nicht direkt blickte, eher ins Nichts schaute. Unten war ein Garten. Ein kleiner Garten, der mit Klettergeräten vollgestellt war. Die großen breiten Blätter waren wie große Zungen, die sich an den Ziegelwänden emporrankten. Aus irgendeinem Grund erwartete ich, Eidechsen zu sehen. Ich mag Eidechsen, ihre Schnelligkeit und Schläue. Er, meine Zufallsbekanntschaft, war direkt hinter mir, und ich konnte sein Drängen spüren. Als er mir den Mantel abnahm, sagte er »Mmmmh«. Es war ein Ponyfellmantel von Tig. Es war mir gelungen, das Schloß ihres Schrankes aufzubrechen, und ich bin nun auf der Suche nach einem Brecheisen, um in ihre Keller einzudringen. Nachdem er mir den Mantel abgenommen hatte, legte er seine Arme in meine Achselhöhlen und befühlte dort die verlassenen Muskeln. Ich dachte daran, wie sehr es mich als

Baby gestört und geärgert haben mußte, so an den Armen hochgehoben zu werden, hochgehoben, um sich auszuruhen, anderen vorgezeigt oder geneckt zu werden, zum Lächeln gebracht oder eititeiti, vielleicht sogar gekniffen oder gekratzt oder zu etwas gebracht worden zu sein.

Wir trafen uns im Park. Er war ein leichter Fang, weil mich sein Hund, ein irischer Setter, angesprungen hatte. Er rief ihn zurück, und dann blieben wir noch ein bißchen dort stehen.

»Ich möchte mit dir schlafen«, sagte ich, während ich mir den Dreck von meinem Rockaufschlag wischte. Ich hatte keine Ahnung von seiner gesellschaftlichen Stellung, aber als wir bei ihm ankamen, sah ich, daß er irgendein hohes Tier sein mußte. Er war in Kaschmir gekleidet, seine Polstermöbel waren aus Leder. Um die Wahrheit zu sagen, wurde ich ein bißchen zittrig. Ich hatte meinen Wagemut verloren. Es gab dort viele Geräte, die sanft schnurrten, Tonbänder, die sich langsam bewegten, Lautsprecher und Verstärker. Es gab auch eine Steinpoliermaschine, die vor sich hin surrte. An den Wochenenden sammelte er Steine am Strand. Seine Hand bewegte sich über den Stoff meines Kleides, ihres Kleides aus Satin. Dunkelblau mit Falten. Ich war ungehörig gekleidet, ich forderte den Ärger geradezu heraus. Er zog die Vorhänge zu und sperrte den Hund aus. Unnötig zu erwähnen, daß die Vorhänge wie begierige Tänzer aufeinander trafen. Ich saß genauso auf dem Stuhl, wie er es mir aufgetragen hatte, und zog die Schuhe aus. Dann stand ich auf. Er formte seine Hände zu einer Sitzschale für meinen Hintern. Seine Hände waren wie ein Sitzstock oder ein Wanderstab, von der Art, wie sie die Fatzken bei den Rennen als Sitzplatz benutzen. Ich hörte das Galoppieren der Pferde und hatte die glänzende Idee, daß wir hier einen Hauch von Sport spüren könnten, wenn wir sein großes Fernsehgerät einschalten würden. Er betrachtete mich, er betrachtete mich. Ein komischer Ort. Durch die surrenden Geräte bekam ich den Eindruck, daß alles aufgenommen wurde. Es war mir egal. Wir waren Fremde. Er sagte das Wort immer wieder. Es war wie ein kleiner Geist mit uns im Zimmer. Es gab so viele Stühle in diesem Zimmer, Bischofsstühle, wie in einer Kathedrale oder einer großen Halle. Sie schienen für Würdenträger reserviert zu sein. Schließ die Augen, sagte er. Er führte mich rückwärts. Er wußte, auf welchen Stuhl. Er fuhr fort, mir die Kleider auszuziehen. Sie lösten sich, ohne festzuhaken. Ich wehrte mich nicht. Er sagte, daß es nur dieses eine Mal passieren solle, weil wir Freunde werden und unsere Freundschaft die Begierde ersticken würde. Nicht so steif, nicht so steif, sagte er. Er sagte, ich solle spielen. Spielen? Ich sehnte mich nach einen Instrument – einem Plektron und einer Leier. Er hatte etwas Verschlossenes, ein zuvorkommendes Tier mit samtiger Sprungbereitschaft. Er hatte für eine bestimmte Uhrzeit ein Telefongespräch nach München angemeldet und sah immer wieder auf seine Uhr mit den sechs kleinen Weckvorrichtungen. Er zog sich nur die Hosen und die Unterhose aus. Ich küßte ihn nach seinen Anweisungen. Er war von Schweißperlen bedeckt. Er ragte über mir auf. So weit entfernt. Aber vielleicht war ich auch diejenige, die weit entfernt war. Es schien unmöglich, sich näherzukommen, freundlich oder unzüchtig, verrucht oder wild zu werden. Es war alles zu gesetzt. Der Park wäre ein besserer Ort dafür gewesen, selbst auf die Gefahr hin, bei einem der Wärter Anstoß zu erregen. Ich konnte sehen, wie sich seine Pupillen weiteten. Es war beinahe so, als würden meine Augen getestet, seine Augen bohrten sich wie

Taschenlampen in meine. Wir saßen knieend auf unseren jeweiligen Hinterteilen und sagten nichts. Er sagte »Achtung, fertig, los«. Er begann zu zittern, mußte sich von sich selbst ablösen, ging durch wie ein Pferd, ging verloren, zuckte, ließ seine Halsmuskeln wackeln. Er mußte alles, was er tat, anordnen, kommentieren, sein altes Ventil ansprechen, »Jetzt aber«, die Zeit bestimmen und dann seinen Schweiß in den eigenen Schreien ertränken. Ich schrie auch, und Jesus, ich hörte das Geschrei ungeborener Würmchen in diesen beiden einsamen Spritzern.

Oh jemine. So viele minderwertige Dinge. Nicht länger menschlich, sondern wie rohe Fleischstücke, die zurückschrecken, aber manchmal nach etwas Balsam suchen, einem Krümel, einem kleinen Brotkrumen. Als er seine Augen öffnete, waren es die mißtrauischen Augen eines Tieres. Es war schrecklich. In ihnen lag kein Vergessen und kein Leuchten.

»Paß auf«, rief er scharf, als ich mich erhob. Fäden hingen an mir herab, Fäden, die früher zu ihm gehörten, die nun in Schlaufen von mir herabhingen. So stand ich einen Augenblick, idiotisch und behindert. Dann legte ich beide Hände darunter und ging, oder hüpfte vielmehr zum Ausgang, spielte den Clown, um dieser unpassenden Sache ein anderes Gesicht zu geben. Ich dachte an Kühe und ihre Haltung. Er hatte Angst, daß das Dienstmädchen mich sehen würde. Die Frau. Er ging voraus, um die Lage zu erkunden, und gab mir dann einen Wink, die Erlaubnis. Er ließ den Hund wieder herein, streichelte und liebkoste ihn. Ich sehnte mich nach dem Hund und seiner uneigennützigen Zuneigung.

Sein Badezimmer war mit Parfüms und Cremes gefüllt. Es gab mit Perlen verzierte Flaschen, die nur zur Dekoration dienten. Außerdem sechs verschiedene Schichten Klopapier. Ich ließ das hängende Schmuckstück los, zog ab, so daß es sich mit allen anderen auf die wackelige Reise hinaus ins Meer begab. Ich wog auf seiner Waage genausoviel wie auf der Waage von Tig. Nichts hatte sich geändert. Ich hatte nicht genug gespielt. Ich hatte überhaupt nicht gespielt. Ich hatte nur das getan, was er wollte. Ich brauchte Übung. Als ich zurückkam, um meine Kleidung zu holen, fragte er mich, wo ich mich anziehen wollte. Ich entschied mich für sein Schlafzimmer. Darin war es vollkommen dunkel bis auf einen kleinen Lichtstrahl, der durch einen Riß in der schwarzen Jalousie hereinfiel. Sein Federbett lag verkrumpelt auf dem Boden. Er mußte in der Nacht geschwitzt haben, wie ich es auch so oft tat und jetzt tue. Ich wickle mich in Kleider, damit ich dann erregt aufstehen, sie von mir reißen und »Fort mit euch« rufen kann. Es ist nur schwer vorstellbar, daß ich nicht immer hier sein werde, daß sich diese Nacht in die anderen einreihen wird, ein undeutlicher Eindruck halb vergessenen Verlangens und gegenseitiger Unterstützung, wie ein Bild.

Ich wußte, die Zeit war gekommen, mich auf meinen Pegasus zu schwingen. Aber ich ging zurück, um mich zu verabschieden. Er stellte mir ein paar höfliche Fragen über mich, meine Hobbys, meine Freunde, meine anderen Liebhaber. Er war ruhig und sehr aufmerksam. Ich erzählte ihm von dem Jungen, und er sagte, daß er ihn vielleicht eines Tages kennenlernen würde. Aus irgendeinem blödsinnigen Grund bat ich ihn, das zu versprechen.

»Ich mache es dir noch nicht einmal zum Vorwurf«, sagte er und beeilte sich, den Hörer seines elfenbeinfarbenen Telefons abzuheben. Vielleicht bekam er jetzt die Leitung nach München.

Draußen auf der Straße war es hell. Diese Helligkeit des Winters, wenn die Sonne nicht scheint und der Himmel stahlgrau ist. Ich denke oft, daß man in den Gesichtern der Menschen lesen kann, wenn man sich darum bemüht. In meinem Gesicht hätten die Leute meine Bestürzung lesen können. Ich konnte nicht mehr atmen. In meiner Brust befand sich ein großer Stein, den ich sprengen wollte, ihn zerschmettern, herausreißen, zu Schotter oder in tausend Stücke schlagen. Ich wollte von Lils Kartoffelstampfer zerstampft werden, eine Kartoffel, befreit von den Schmerzen des Lebens und allem, was dazugehört.

Ich beschloß, nach Hause zu gehen und zu masturbieren. Aber es war früh, so früh und so hell. Der Schlußverkauf hatte angefangen. Alles war um fünfzig Prozent herabgesetzt.

Ich hätte nichts gegen einen Besuch vom Heiligen Geist, diesem Fürsprecher mit seinen Feuerzungen. Ich beherrsche keine Sprachen, und zwar aus einem einfachen Grund: Meine Zunge ist zu dick. Die Worte erstarren. Darum bin ich weder in Baden-Baden noch in der Eremitage gewesen.

Der Junge schläft auf den Feldern, manchmal an der Mauer einer Moschee. Er hat keine Bettdecke, nicht einmal ein Netz. Ich stelle es mir glühend heiß vor, und manchmal schaut er auf seine Füße und sieht, wie gehäutet und voller Blasen sie sind. Jesu Füße nannten sie ihn in den öffentlichen Bädern. Ich kann seine Entwicklung genau beschreiben, von den flauschigen Socken zu den gestrickten Stiefelchen, den Wildlederstiefeln, den Turnschuhen, den Gummistiefeln, den Lederschuhen, den Fußballschuhen und dann zurück zu den einfachen Sandalen, als er sich seine Fußbekleidung selbst aussuchen durfte. Wenn ich nicht da war, schrieb er mir kleine Briefchen. »Du bist eine große Nisse, eine Pfeife.« »Denk an die Pflaumenmarmelade.« »Ich brauche Stifte.« Immer in Druckbuchstaben. Völlig verrückt. Ich kann die verschiedenen Jahre an den unterschiedlichen Schreibweisen erkennen. Am Anfang waren seine Buchstaben wie Nummern, sie waren kühn und bestimmt. Dann schrieb er in Großbuchstaben, schließlich entwickelte er seine eigene Handschrift, die etwas spinnenartig aussah. »Komm zu meinem Baumhaus für eine Kasperlevorstellung. Eintritt ein Penny.« Er entwickelte einen Code, ein Signalsystem mittels der von den Bäumen hängenden Fetzen und Utensilien. Einmal begoß er mich mit Wasser, als ich darunter stand, und fragte mich dann: »Bin ich nicht schlau?« Das war in der Zeit, als wir in einer der Hütten einer riesigen Siedlung wohnten. Wir besaßen einen hohen Nachtstuhl, den wir nur im äußersten Notfall zu benutzen wagten. Nachts quatschten wir. Er liebte die Geschichten der Adligen und Kesselflicker von Coose. Am liebsten hörte er die Geschichte von dem Einfaltspinsel, der Boß, Lil und mich eines Nachts überraschte, als der Motor seines Lastwagens auf dem matschigen Feld röhrte und stotterte. Boß wetterte »Wer ist da? Sarsfield lautet die Parole.« Kleider wurden angezogen, und wir liefen unerlaubt durch die Küche, in der bereits ein anderer Geist hauste. Die Laterne wurde aufgepumpt und angezündet. Sogar ihre Flamme war unstet und geheimnisvoll. Daraus wurde gefolgert, daß der Einfaltspinsel der Abgesandte des Übernatürlichen sei. Seine Aufmachung war jedoch recht irdisch: die ausgebeulten, in der Mitte geflickten Hosen, seine fleckige Strickjacke voller verschieden großer Löcher. Er kam mit der eindeutigen Absicht, den Heuschuppen mit einem geheimnisvollen Spray zu besprühen, um es vor den rauhen Elementen zu schützen, und er verlangte dafür eine Vergütung von fünf Pfund. Als er das hörte, forderte Boß ihn auf, sich davonzuscheren, aber der andere hielt stand und rief: »Es lebe die Republik.« Er mußte schließlich mit der Laterne und einem Besenstiel in die Flucht geschlagen werden. Später hörte man Lil hochtrabend erklären, daß sie den Verdacht gehabt hätte, er sei gekommen, um Maul-und-Klauen-Seuche zu verbreiten. Boß beschwichtigte sie und sagte: »Ich habe ihn übervorteilt, ihm den Boden unter den Füßen weggezogen. Dem habe ich gezeigt, wer hier das Sagen hat.« Obwohl er in Wirklichkeit ebenso gezittert hatte wie wir und darauf bestanden hatte, daß wir in seiner Nähe blieben. Und da waren sie nun, er, der sich selbst lobte, und sie, die von den toten Tieren redete, dem Wirtschaftskrieg, dem geplünderten Land, den toten Tieren, die uns anstarrten, dem Arbeitshaus. Plötzlich schlug Boß vor, ein paar Verse aus den Tagen des Landkriegs zu rezitieren, um die Panik zu vertreiben.

Am neunten Dezember, es war ein schöner Tag,
boykottierten wir Dick Studdard, was ich nicht gerne erzählen mag
mit Stöcken und Steinen trieben wir ihn dahin.
Ein dreifaches Hurra für die Jungs des alten Erin.

Der Junge liebte diese Geschichte und hüpfte dabei auf seinem Bett auf und ab. Und kaum hatte er sie gehört, so sagte er: Erzähl es noch mal. Er liebte die Flüche und die Details von der Strickjacke des Einfaltspinsels ganz besonders, und Boß, der vorgab, mutiger zu sein, als er es tatsächlich war. Er fragte sogar nach einem Foto von ihnen, seinen Großeltern. Es war ein stumpfsinniges Bild, auf dem sie beide an ein Pier gelehnt standen und seltsam verbunden wirkten. Eine Verbundenheit, die durch Ausdauer gestärkt wurde.

Wir wohnten in einer baufälligen Hütte mit zwei Zimmern. Der Zaun war mit Stromkabeln und alten Schranktüren verstärkt. Wir hielten uns Hühnchen und einen Hund. Das Grundstück gehörte einer Gesundheitsfarm, bei der ich arbeitete. Es war lustig, diese fetten Leute zu versorgen und ihnen zuzuhören, wie sie über Essen sprachen, während sie geklatscht und eingeschmiert wurden. Wie sie von Kaffee mit Schlagobers sprachen, in Wien, lekker, lecker. Wenn ich nach Hause kam, fand ich die Zettel. Manchmal hatte er den Hund auf den Tisch gesetzt und ihn in einen Schal gewickelt oder ihm eine Melone auf den Kopf gesetzt. Dann lachten sie. Der Hund hieß Rosie, ein Mischling. Vor dem Fenster befand sich ein Vogelschwarm, ungefähr hundert Vögel, die in den Feldern wühlten und zwischen den Kuhbeinen herumspazierten und ganz plötzlich aufflogen. Weil die Unterseite ihrer Flügel weiß und ihre eigentlichen Körper silbern waren, wirkten sie wie eine ganze Reihe von Rasierklingen, die in den Himmel hinaufschossen und die Luft zerteilten. Von der Gesundheitsfarm erhielt ich kostenlos Sahne, mit der wir Porridge, Pfannkuchen oder in der entsprechenden Jahreszeit frische Himbeeren oder frische Loganbeeren aus ihrem eingezäunten Garten zubereiteten. Manche Leute wissen es nicht, wenn es ihnen gut geht, aber ich wußte es damals. Alles hatte einen Rhythmus, das Fahrradfahren morgens auf dem Weg zur Kinderkrippe, dann zurückkommen und ihn schon vorfinden. Er kam mit dem Schulbus nach Hause und mußte nur ein Stück Weg gehen. »Ich bin ein Schlüsselkind«, sagte er, er war immer schnell dabei, neue Wörter aufzuschnappen. Es gab einen Zettel, der mir nicht gefiel. Er war nicht direkt an mich gerichtet, er war überhaupt nicht an mich gerichtet. Ich fand ihn einen Tag, nachdem er ins Internat gekommen war. Das war viel später, und wir wohnten bereits in der Stadt. Ich hatte einen Job in Hull als Kosmetikerin. Darauf stand:

Manchmal bin ich traurig wegen mir
Manchmal bin ich traurig wegen dir
Manchmal bin ich einfach traurig

Ich zerknüllte den Zettel, formte ihn zu einem Ball. Ich wollte mir nicht eingestehen, daß er zu solchen Gedanken neigte, daß auch er den Lebensüberdruß besaß, etwas von der Cooser Verdrießlichkeit hatte. Er ist weit gekommen seit jenen verträumt schläfrigen Tagen, als er zu Blättern und Bussen aufgeschaut, mit Perlen gespielt und aus der Sicherheit seines Kinderbettchens heraus gejodelt hatte. All die Vergnügungsfahrten, die er früher unternahm. Das Gelächter, gefolgt von Spuckespritzern. Er baute kleine Theater aus Streichholzschachteln. Er saß oft unter dem großen braunen Tisch, um mit den Krümeln zu spielen. Als die Abende kälter wurden, griff er nach oben, zog das grüne Wolltuch vom Tisch und hüllte sich dann ein wie in einem Iglu. Natürlich gab es nicht nur schöne Stunden. Er hatte Schwierigkeiten mit der Verdauung. Sein Vater, Dr. Flaggler, empfahl ein besonderes Müsli aus Getreidekeimen. Dr. Flaggler war sehr gebieterisch, ständig diktierte er uns seine Ansichten. Er sagte, wenn das Müsli nicht helfen könnte, müßten wir zum Klistier greifen. Wir hatten eine Todesangst vor dem Klistier, was auch immer das sein mochte. Der Junge hatte auch eine rebellische Ader, die wahrscheinlich durch seine Beschwerden hervorgerufen wurde. Er kratzte die Farbe eines frisch gestrichenen Klodeckels ab und ließ die enteneierblauen Farbreste überall auf der grünen Gummimatte verteilt liegen. Er bekam seine wohlverdiente Strafe. Dr. Flaggler zog das Klistier hervor, und nachdem es eingeführt worden war und die gewünschte Darmbewegung stattgefunden hatte, wurde der Junge ohne Wasser und Brot in sein Zimmer geschickt. Er erzählte später, daß er damals gerne die chinesische Sprache beherrscht hätte, um etwas zum Nachdenken zu haben. Sein Geist verlangte wütend nach neuen Gedanken, Theoremen und Rätseln. Er wußte bestimmt alles, was es über das Häuschen, den grünen Garten, Dr. Flaggler und mich zu wissen gab. Plötzlich kommen so viele kleine Erinnerungen an ihn hoch: seine Verstopfung, seine Blässe, seine Wangen, die wie Scheiben aussahen. Die Linien auf seiner Stirn, kleine Spuren, die anzeigten, wo sich später Falten bilden würden. Man konnte sie jetzt schon sehen. Er muß wohl immer in kalter Umgebung gebadet haben, denn ich erinnere mich daran, daß ich seine bläuliche Haut grob mit alten Handtüchern trocken gerubbelt hatte, während ihm die Zähne klapperten. Er träumte einmal, er sei einer der drei Heiligen Könige, fahre auf einem Moped und frage an einem Pförtnerhäuschen nach dem Jesuskind. Diesen Traum muß er in der Zeit gehabt haben, als wir in der Hütte wohnten, denn dort lagen in der Umgebung verstreut viele kleine Pförtnerhäuschen. Zur selben Zeit träumte ich, daß er mit seinem Dreirad auf den Times Square fuhr und zwischen Cabriolets und Lkws zerquetscht wurde. Er war immer beschäftigt. Ich beugte mich oft über ihn und drückte mich an ihn, wenn er Pferde und Triumphwagen malte. In seinen Mundwinkeln klebte immer ein Marmeladerest, so daß seine Küsse etwas Fruchtiges an sich hatten, was mich an die Obstgärten von Coose erinnerte, wo er herstammte, obwohl er es kaum kannte. Er trug eine kleine Kette mit einer Christophorusmünze, auf der er herumbiß, um den Hals. Die Münze färbte seine Vorderzähne schwarz. Als er einmal Steinchen in seine Nase steckte, hatte Dr. Flaggler eine geniale Idee. Zuerst bohrte er mit einem orangenen Stab in den Nasenlöchern, dann mit einem Stück Draht. Der Draht stammte von einem Kleiderbügel, den er entzweigebrochen hatte. Ich konnte diesen eindringenden Draht kaum ertragen. Es half nichts. Die Steinchen wichen nicht von der Stelle. Dr. Flaggler stieß einen Jubelschrei aus und ging in den Garten, in dem die Pfingstrosen üppig blühten. Der Junge liebte diese Blumen, ihre Farben, ihre Schattierungen, ihre Weichheit, den nicht vorhandenen Duft, vielleicht ihre Falten. Er hatte sogar die schlechte Angewohnheit, sie abzubrechen und umherzuwerfen, als seien sie Spielzeugboote oder Papierdrachen. Natürlich bekam er für diese Dreistigkeit Schläge. Man stelle sich nun also seine Überraschung vor, als ihm eine voll erblühte rosa Pfingstrose freudig überreicht wurde. »Schönes Blümchen«, sagte Dr. Flaggler neckend. Der Junge lachte. Er hielt sie an seine Nase, wie es ihm gesagt wurde. Und just, als seine Nase die Blume berührte, kam die Erleuchtung. Er nieste wie ein alter Großvater. Die Steinchen wurden hinausgeschleudert. Sein Vater hatte Schnupftabak in der Pfingstrose versteckt. Eine Mischung aus Schnupftabak und Pfeffer. Einfach genial. Aber das ist nicht seine erste Erinnerung, sondern er erinnert sich als erstes an einen Kuhschwanz und daran, daß seine Hand von jemandem gehalten wurde. Die Hand eines alten Mannes oder einer alten Frau, vielleicht von einer Verwandten, eine Vorahnung. Wie dem auch sei, es war eine weiße Hand mit braunen Nikotinflecken. Anschließend zeichnete er den Triumphwagen. Eines Nachts stand er auf und rutschte auf seinem Po die Treppe hinunter, hüpfte und plumpste von einer Stufe zur nächsten. Die letzte Stufe ließ er ganz aus und flitzte ungelenk in ein dunkles Zimmer. Er hatte Angst, entdeckt zu werden. Aber er muß gewimmert, sich übergeben oder ein Geräusch gemacht haben, denn Dr. Flaggler fand ihn und bot ihm überraschenderweise ein pochiertes Ei an. Wir versuchten, weitere Kinder zu bekommen. Zweimal wurde ich schwanger, verlor die Kinder jedoch durchs Vögeln. Ich glaube, unsere Gier vertreibt unsere zukünftigen Kinder.

An dem Tag, als er ins Internat kam, mußten wir uns wappnen. Wir fuhren mit dem Zug, es war Herbst. Wir fuhren an einem kleinen Asthaufen vorbei, dann an einem mit grünem Schaum bedeckten Gewässer. Schließlich kam eine Schonung mit jungen Bäumen, junge zitternde Pappeln, noch mehr Wälder und Waldränder, Springstände und Pferde, ein Freudenfeuer, ein einsames Büschel von Heidekraut auf einem Grashügel in der Nähe eines Signalkastens. Ich sehe sie immer noch vor mir – unbedeutend und purpurfarben. Es war ein trauriges Purpur. Es ist schon seltsam, daß sie mich gar nicht an Heidekraut und Margeriten erinnerten, das lag wahrscheinlich an der Farbe; weiß oder purpur wirken auf unsere Empfindungen wohl unterschiedlich. Es wäre schön, eine Farbe verstehen zu können oder von ihrem Wesen durchflutet zu werden. Dann kam ein anderer Wald, in dem die Bäume ganz kurz gestutzt waren, so als wären sie in den Boden, vielleicht in einen Sumpf gesunken. Eingesunkene Bäume mit buschigen Kronen, wie Hängematten, auf die man sich legen könnte, ein Wald zum Nisten, im Gegensatz zu einem Wald, in dem Ritter eine Schlacht schlagen konnten. Ohne den Anlaß wäre es vollkommen gewesen. Aber wenn ich jetzt darüber nachdenke, hätte es uns vielleicht nicht so berührt, die Aussicht hätte auf einem normalen Ausflug nicht so stark auf uns gewirkt. Er sagte nur wenig. Von Zeit zu Zeit betrachtete er seine Sachen, berührte sie oder steckte seine Finger durch die Löcher des Tennisschlägers, zwängte sie hindurch. Die flachen Bauernhöfe sahen so vollkommen aus, so freundlich und sicher. Selbst dann fragte ich mich noch, was mir denn fehlte. Warum sprechen die Steinmauern, die weißen Tore, die Schäferhunde und hellen Dächer mich so an? Ebenso die kleinen Sträucher und die Wäscheleinen und die Kleider, die sich daran drehen, und all die anderen unauffälligen Dinge. Die weißen Vögel, die Möwen, die schwarzen Vögel, die Krähen, die schwarz-weißen Vögel und die Elstern? Wir warteten, bis wir vier Elstern sahen, und sagten dann gemeinsam wie früher: »Eine zur Sorge, eine zur Freude, eine für morgen und eine zum Leide.« Es war nicht gerade ein lustiger Spruch, während uns der Zug kutschierte. Beinahe hätte ich etwas Dummes gesagt. Machte einen dieser unbesonnenen Aussprüche, wie sie bei Staatsangelegenheiten fallen. Ich hätte fast gesagt, daß ich ihn vor allem

Schlechten bewahren wolle, vor den Ausdünstungen der Dunkelheit und der Gemeinheit der Menschen. Es war eine Gnade Gottes, daß ich schwieg. Wir nahmen ein Taxi, dessen Fahrer einen komischen Akzent hatte, den wir bis dahin noch nie gehört hatten. Als wäre in seinem Mund ein Siruptopf ausgelaufen. Er sagte: »Es gibt Gold in den Hügeln, es gibt Gold in Wales, es gibt Gold in Hampshire.« Dunkelbraune Hügel, die gerade abgeerntet worden waren. Die Gebäude für die Gärung des Silofutters standen in gebührendem Abstand von jedem Bauernhof entfernt. Als ich wegfuhr, machte der Junge einen seitlichen Sprung in die entgegengesetzte Richtung, wie bei Ballspielen oder beim Kegeln, statt zu winken. Vielleicht tat er das ja auch. Zwei andere Jungen, bestimmt auch Neulinge, richtige Rabauken, kamen auf ihn zu, und vielleicht hatten sie ihm einen Ball zugeschossen. Es war jedenfalls kein so schwerer Abschied, wie wir befürchtet hatten, es war eher unerheblich, wie er so davonrannte, sein Haar auf einer Seite seines Gesichts und seine ganze Aufmerksamkeit auf einen anderen Gegenstand, vielleicht ein Stück Zeitung gerichtet. Im ersten Brief hieß es »Ich esse die Kirsche aus dem Kuchen und denke an Mama.« Sie müssen ihn recht schnell zurechtgestutzt haben, denn bald darauf änderte sich seine Ausdrucksweise. Die Briefe wurden immer forscher, und er verwendete Spitznamen wie Eisenbusen, Riesenpenis, Farnham Perverso, Soße und so weiter. Das Essen war Mist, die Mädchen waren Nulpen. Die Briefe wurden sehr kurz und bündig:

Man hat mir mein Flugzeug kaputtgemacht, deshalb schließe ich es jetzt im Modellraum ein.

Ich baue eine Yacht, ca. 1900.

Ich kann nicht tanzen.

Ich gehöre zu den dreißig Prozent der Menschheit, die eine gekrümmte Wirbelsäule besitzen.
Ich baue einen Tisch. Glaube bloß nicht, daß alle Tische gleich seien. Anstelle dicker Tischbeine bekommt er ganz dünne mit verdeckten Schwalbenschwanzzinken.
Hast du gewußt, daß sich ein Knoten bildet, wenn ein Ast aus einem Baum herauswächst? Wenn dieser Ast abfällt, entsteht ein Loch, das mit Pech bestrichen wird.

Je männlicher er wurde, desto lascher wurde sein Händedruck. Er war klug und wußte um die zerstörerische Wirkung von Verbindungen.

Inzwischen schreibt er über den Latrinendienst und die Früchte, die sie essen. Die Mangos, die sie gestohlen hatten, wie duftend und saftig sie doch waren. Er hat alle möglichen Nutzmöglichkeiten für Mangos entdeckt – zum Färben, gegen Brustbeschwerden, als Abführmittel und zum Zähneputzen. Er ist fest entschlossen, sich natürlichen Heilmethoden zuzuwenden. Er wird noch ein Heiler werden. Er schrieb nichts von einem »Obstgarten«, so daß ich den Eindruck bekam, die Früchte wüchsen einfach so auf den Feldern, genau wie in Coose die edle Kartoffel und die weniger edle Nessel. Sie sind zu viert und haben in Marokko Blut gespendet, weil Blut dort so teuer ist. Er beschreibt die Wege, die Lehmhütten, ihr Inneres, die Kochgeräte, die in den verschiedenen Gebieten benutzt werden. Er interessiert sich ganz besonders für die Dinge unter der Erde. Nicht für den Tod, sondern für Antiquitäten. Er schweift immer vom Thema ab. »Ich war an den ungewöhnlichsten Orten, ging durch die Wüste und erforschte Höhlen, in denen im 5. Jahrhundert Mönche lebten. Höhlen, die in schwindelerregend steile Klippen hoch über dem Meer gehauen waren. Sonne, glühend heiße Sonne. Und ich habe die Gräber von Abraham und Isaak besucht. Die Landschaft ist phantastisch, wie eine Bewegung gigantischer Beulen, Eruptionen, Korrosionen des Landes, wo die Erde fortgerissen wurde und nur eine steinerne Oberfläche hinterließ, die Monstern gleicht. Die Rituale an der Klagemauer sind wirklich ein Ding, das solltest du dir anschauen. In diesem Land herrscht ein explosiver Gegensatz zwischen dem, was sich auf der Oberfläche abspielt, und dem, was die Archäologen in der Erde finden. Es gibt noch viel mehr, aber davon nicht heute.«

Er war es, der mir das silberne Schmuckkästchen mit den kleinen lila Knöpfen schickte.

Gehen, gehen, fortgegangen. So wie die Mauern, die Krähen, die Ruinen, die flachen Steine, die einfachen Steine, die Stoppeln, die Stimmen und die Rinder aus Coose. Die ewige Trennung. Erst das Ausfeilen, dann das Kratzen, dann das beängstigende Aushöhlen, so daß nur noch ein Seufzer bleibt. Es macht mir nicht soviel aus. Es macht mir schrecklich viel aus. Ich klammere mich fest, an nichts, an gar nichts.

Dr. Flaggler war einer der ursprünglichen Fürsten der Finsternis. Er hatte einen sonderbaren Humor. Er hängte einen Zettel im Badezimmer auf, den er vorher eingerahmt hatte. Darauf stand, daß die Fäkalien nur in die Schüssel entleert werden dürften. Es war eine sehr alte Schüssel, voller Scharten und Risse, wie eine von Lils

Plumpuddingschüsseln, die schließlich den Hunden vermacht wurde. Früher einmal war wohl ein Muster darauf gewesen, vielleicht Glitzerstaub oder ein Cherub. Der Zettel war wohl für mich bestimmt, da er sein Haus und seinen Garten niemand anderem öffnet, nicht dem Gesindel, sagte er stets. Er war Verwalter in einem alten Haus unweit der Moore. Ich bin überrascht, daß ich mir keine Krampfadern geholt habe, so oft wie wir damals durch das Moor pirschten und liefen. Der Wind behinderte uns, schlug uns entgegen. Wir nahmen Scones und eine Thermoskanne Tee mit. Er war immer sehr genau mit seinem Nachmittagstee. Wir setzten uns dann oder vielmehr plumpsten auf einen Flecken Heide nieder, um zu essen und zu trinken. Die Aussicht war stets die gleiche, endlose Weite der Heide, und der Himmel, der die jeweilige Farbe der Heide spiegelte, ein helles Lila oder ein dunkles, oder das Grün des Frühlings, oder auch ein verschmiertes Schwarz, wenn die Heide vom unabsichtlichen Feuer verkohlt war. In der grünen Phase bewegte sich die Heide und sah ein bißchen aus wie das Meer oder wie Algen. Ich wartete dann auf Wellen, die niemals kamen. Eines Tages brachte er eine Decke mit und sagte, daß wir uns nun lieben würden. Aber ich glaube, die Angelegenheit war zu gründlich vorbereitet, es war eine traurige Episode. Dort draußen hörte man keine Vögel, nur diejenigen, die auf dem Boden lebten, die Fasane, die zahmen Rebhühner und die Moorhühner. Wir versuchten, sie mit den Händen zu fangen, was uns oft beinahe gelang. Sie stießen eine Art Gackern aus, das sich völlig anders anhörte als das von Hühnern. Viel verrückter. Das Farnkraut war eine einjährige Pflanze, und die jungen Farnwedel erhoben sich aus den alten, verrosteten, schwertförmigen Stummeln.

Neben dem Schild im Badezimmer hing eine Schneelandschaft, deshalb erwähnte ich seinen erstaunlichen Humor. Auf unserer Ehe lag kein Segen. Selbst in ihren besten Zeiten war sie voller böser Vorzeichen. Für jemanden, der das Moor und die dunstigen Hügel liebte, hatte er eine unerwartete Zuneigung zu Babys. Er sagte oft, daß er lieber die Haut eines Babys als die einer Frau küssen würde.

Die Ehe endete mehr oder weniger am Morgen eines Feiertages in einem kleinen Café. Der Junge war damals drei oder vier und befand sich zu Hause in der Obhut eines Dienstmädchens. An das Café kann ich mich ganz genau erinnern, an die leuchtend blauen Plastikstühle, die übereinander gestapelt waren, an die sauberen Plastiktische und die erbärmlich geringe Kundschaft. Und trotzdem die Hoffnung und die Aufregung, als wäre es ein Festsaal. Wir machten eine Busreise in einem einfachen Reisebus mit braun getönten Scheiben. Wir reisten für einen lächerlich geringen Preis durch fünf Länder. Ich sagte mir: »Es wird schon werden, dieser Erebos wird vorübergehen und Dr. Flaggler wieder freundlicher werden.«

In regelmäßigen Abständen stolperten wir – die dreißig Reisenden – aus dem Bus heraus in eine Stadt, wo es Glocken, Gasthöfe und Kirchtürme gab. Kann sein, daß es Brügge war, vielleicht aber auch Brüssel. Glocken und Steinfassaden unterscheiden sich in fremden Städten nicht so wesentlich voneinander. Wir mußten durch die Seiteneingänge der Cafés gehen, wenn wir unsere Mahlzeiten einnehmen wollten, und das Essen, das man uns vorsetzte, war fremdartig. Ein Mann namens Fred war beim Essen sehr zurückhaltend und fürchtete stets, daß wir Tintenfisch bekämen, der noch Tinte enthielt. Er hatte schon einmal an einer Busreise teilgenommen, wo dreimal die Woche Tintenfisch serviert wurde. Dr. Flaggler wies darauf hin, daß das ja wohl im Süden gewesen sein müßte, woraufhin Fred meinte, daß ja nun alles tiefgefroren würde und die Tintenfische durchaus über den ganzen Kontinent verschickt werden könnten, um Leute zu vergiften. Er bezeugte auch, die Donau sei gar nicht blau. Das habe er mit seinen eigenen bebrillten Augen gesehen. Seine Augen waren so klein wie Kaffeebohnen. Seiner Schwester Ethel, der er die Reise bezahlte, wurde es mitten im Bus schlecht, und als sie von ihrem Sitz im hinteren Busteil zur Vordertür rannte, vergeblich rannte, quoll ein Schwall dieser fremdartigen Nahrung aus ihr heraus. Wie er sie beschimpfte. Wiederholte immer wieder, daß sie diese *crème de menthe* nicht hätte trinken und daß sie sich von dem Wiener Schnitzel hätte fernhalten sollen, weil es in Öl gebraten war. Sein grauer Teint bekam eine völlig neue Farbe, er wurde flammend rot. Das war überhaupt nicht schön. Ich befürchtete schon, seine arme Nase werde explodieren, so stark schwoll sie an. Wir konnten ihn alle hören, bis auf seine Schwester, die unter berufsbedingter Taubheit litt. Das hatte sie mir gestanden, obwohl es offensichtlich war. Die Passagiere bemühten sich sehr, keine Luft zu holen und nicht aufzustoßen, was in der Enge und Hitze des Busses nicht einfach war. Die Köpfe drehten sich zu den Fenstern. Fred fuhr mit seinen Tiraden fort, und schließlich hielt der Reiseleiter an, brach einige Palmwedel ab und streute sie auf den Boden. In diesem Moment lächelten wir uns an. Der Reiseleiter war jung und sehr dienstbeflissen. Ich half ihm, indem ich auf die Palmwedel in meiner Nähe trat, damit sie den Boden besser bedeckten. Wenn man nun den Fußboden betrachtete, so grün und raschelnd, fühlte man sich für einen Moment in einen

Wald hineinversetzt. Verstärkt durch das Wissen darum, daß darunter etwas verfaulte und sich zersetzte, wie es in der Mutter Natur stets geschieht. Dr. Flaggler und ich sprachen nicht miteinander. Er war der einzige Mann, der den Fensterplatz für sich beanspruchte. Nicht daß ich etwas dagegen gehabt hätte. Wir beide saßen nebeneinander wie zwei feste Stoffe, die darauf warteten, sich gegenseitig zu verbrennen. Wir sprachen nicht, stießen uns nicht an, wir waren fast völlig erstarrt, aber wir schwitzten, wir starrten und gaben unfreiwillige Geräusche von uns, erfolgloses Hüsteln oder Schreie. Auf den Feldern arbeiteten Frauen. Der Reiseleiter pries sie uns wie eine Sehenswürdigkeit an. Manchmal hob eine Frau den Kopf und unter dem Strohhut wurde ein Gesicht sichtbar, dessen Gesichtszüge nicht zu erkennen waren, als blicke man auf eine Reihe von Uhren und könne die Zeit nicht erkennen. Sie trugen alle Tücher unter den Hüten und petrolblaue Dirndl. Wir fuhren den ganzen Tag und kamen vor Hitze fast um. Die Frontscheibe war von toten Insekten verschmiert. Wenn wir unseren Zielort erreichten, waren wir so erschöpft, daß wir uns aus dem Bus hinausschleppten. In einer unserer Unterkünfte hörte ich die Ratten hinter der Täfelung herumlaufen. Ich hörte sie die ganze Nacht, sie waren so beharrlich, daß ich dachte, es würde ihnen gelingen, die Täfelung zu durchbrechen. Ich erwartete einen großen Ansturm der Ratten. Ich stellte mir meine Flucht vor, den Vorsprung, auf den ich springen würde, das Echo der Ratten. Ich habe von einer Ratte gehört, die sich mit den Zähnen in einer Hand festgebissen hatte. Ein Blindenhund hatte sie einem Jungen gezeigt, der Hund hatte sie in der Dämmerung wohl für einen Handschuh oder für Blätter gehalten. Der Junge konnte die Ratte nicht abschütteln. Sie hing an ihm, grub sich ein, und jedesmal, wenn der Hund jaulte, versteiften sich ihr Schwanz, ihr Rücken und ihr Biß. Der Junge getraute sich nicht zu rufen, um seinen Angreifer nicht zu erschrecken. Die Ratte hatte, in ihrer Unwissenheit, wo sie sich da eigentlich festgebissen hatte, wahrscheinlich ebenfalls Angst. Es schien keine Lösung in Sicht zu sein, als ein Landjunker geritten kam, vom Pferd sprang, einen dicken Stock ergriff und sie mit einem Hieb voneinander trennte, wobei die Ratte zerstückelt wurde. Er mußte ihr noch einen Schlag in den Lendenbereich versetzen, um ihr Leben vollständig auszulöschen. Diese Geschichte wurde in Coose zu einer Legende. Der Junge übertraf sich selbst, indem er den Biß mit einem Bohrer verglich, allerdings sei er noch schrecklicher gewesen. Die Geschichte erschien in der Lokalzeitung, und der Schuldirektor überreichte ihm ein Glas Virol als Belohnung für seine Beherrschung der Sprache. In Belgien brachen die Ratten nicht durch die Wand, und am nächsten Morgen bildeten sich nach dem Verzehr des kontinentalen Frühstücks die üblichen Reihen vor den Toiletten, und die üblichen Beschwerden über die Betten und die Bettdecken wurden laut. Während wir uns anstellten, wurden die Betten bereits wieder abgezogen, und die beiden strammen Zimmermädchen bereiteten alles für die nächste Reisegruppe vor.

An diesem Abend tanzte ich mit dem Reiseleiter und dachte an den Schnulzensänger, meinen ersten Liebhaber. Wir verabredeten uns im Wald. Ich freute mich darauf, war sicher, daß wir uns in den Armen liegen würden. Ich hätte damals alles umarmen können, eine Garbe oder eine Säule. Ich war so ausgehungert, daß meine Arme von selbst nach vorn sprangen und willkürlich nach einer bedauernswerten Person zum Festhalten griffen. Mir gefiel auch der Schauplatz unseres Treffens und die Tatsache, daß ich niemals in der Lage sein würde, diesen Ort noch einmal aufzusuchen, im Gegensatz zu Friedhöfen, früheren Wohnungen, Kuhställen und ähnlichem. Aber Dr. Flaggler merkte etwas, entweder auf dem normalen Weg durch Lauschen oder durch seinen siebten Sinn, mit dem er so prahlte. Er sperrte uns in dem kleinen hölzernen Schlafzimmer ein. Es war so heiß, daß sich das Harz des Holzes in kleinen dunklen bernsteinfarbenen Kerben eingefressen hatte. Nichts bewegte sich, nur unser gegenseitiger Haß. »Du wirst mir nicht entkommen«, sagte er, »jetzt nicht und auch später nicht. Niemals. Ich lasse dich nicht aus den Augen, du armseliges, eifriges Elendsgeschöpf. Du wirst ohne mich kein eigenes Leben anfangen. Daraus wird nichts, das wird dir nicht gelingen.« Demütig und mit erhobenem Haupt blieb ich in meinem Taftkleid dort sitzen und dachte, daß ich nichts weiter tun könne, als still dort zu sitzen, unterwürfig und gelähmt. Woher kam diese Feindseligkeit, wann hatte sie zu schwelen begonnen?

Es gab einst eine Zeit, als er mich zufällig beim Mispelpflücken im Wald traf. Wir lagen nebeneinander, den Mantel über den Augen, um die Sonne abzuhalten, und er sagte: »Du wirst wunderbare Kinder bekommen, wundervolle Kinder.«

Unter uns erreichten der Tanz und die Trinkerei einen solchen Höhepunkt, daß ich schon dachte, es würde zu einem Krawall kommen. Jedesmal, wenn die Spülung der Toilette rauschte, dachte ich, daß die ganze Welt aus dem Leben davon trieb. Ich mußte Schlaf vortäuschen.

Am nächsten Morgen sollten wir einen Berg besteigen. Es war seltsam, wie kühl es dort oben wurde und die ganze

Atmosphäre neblig und ahnungsvoll. Wie eine Grabstätte. Während es am Fuß des Berges erstickend heiß war, so daß die Münder der Frauen aufdringlich wirkten und die Rücken der Männer von den Hosenträgern entzündet und wund gescheuert waren. Sie waren alle im mittleren Alter, und obwohl sie in derselben Fabrik arbeiteten und in derselben Stadt wohnten, prahlten sie voreinander mit ihren Gärten und ihren Sonntagsbraten. Abends, wenn sie vom Bier besoffen waren, wurden sie plump vertraulich. Morgens waren dann alle ein bißchen gereizt. Sie mochten Dr. Flaggler nicht, weil er sein eigenes Salz mitgebracht hatte.

Die kleine Gondel tuckerte zwischen den Schluchten und den blühenden Wiesen hinauf. Es waren sehr kleine Blumen, wahrscheinlich Alpenblumen, da wir ein Stück von den Alpen erkletterten. Je höher wir kamen, desto kühler wurde es, und die Leute rieben sich die Arme, um warm zu bleiben und gegen die Depression anzukämpfen. Es schien so, als würden kleine Wassertropfen durch die Luft gesprüht, Wasser anstelle von Weihrauch aus einem Weihrauchgefäß. Dr. Flaggler bekam einen gewaltigen Niesanfall. Der Reiseleiter verteilte Bonbons, damit wir keine Schluckbeschwerden bekamen. Ich lehnte ab. Er funkelte mich zornig an. Ich hatte ihn im Wald warten lassen. Er nannte mich auf französisch eine Hure. Ich hatte das eine oder andere Wort aufgeschnappt, um mich unterhalten zu können. Die Spitze des Berges war ein Plateau, und ein kalter, pfeifender Wind blies eine Wehklage. Es war ein sehr trauriges Madrigal. Wegen des Nebels gab es keine Aussicht. Wir konnten uns kaum gegenseitig erkennen. Die Stimmen waren plötzlich gedämpft, als ob die Leute Masken aufhätten oder aus dem Grab sprechen würden. Warum sie uns wohl hier hochbrachten, vielleicht um die Tatsache wiedergutzumachen, daß die Zimmer wie Backöfen waren und wir nirgends baden konnten, nicht einmal in einem Teich oder einem künstlichen See. Die Leute beschwerten sich ständig, und einige wollten die Reiseleitung verklagen, wenn sie in ihre Vororte zurückgekehrt waren. Die einzige Überraschung war eine Ansammlung von Läden, verschiedene Buden, in denen man Andenken und Limonade kaufen konnte. Die Frauen eilten darauf zu und griffen nach Souvenirs, nach Flaggen und Brieföffnern mit Horngriff. Als sie die Preise hörten, ließen sie die Sachen aufgebracht fallen. Dr. Flaggler war ständig in meiner Nähe. Ich suchte mir einen gepunkteten Schal aus. »Von allen geschmacklosen Dingen, die du je gekauft hast«, sagte er, »ist dies das Allerletzte.« Ich band den Schal um den Hals, machte einen Doppelknoten und eine absurde Schleife. Aus irgendeinem Grund wollte ich mein Taschengeld loswerden. Nicht, daß es sich dabei um einen nennenswerten Betrag gehandelt hätte.

Ich hatte einen Geistesblitz. Ich befand mich in einem Nebel, der so weit war wie ein großes Zelt und alles und jeden verschluckte. Ich dachte, wie einfach, wie simpel es wäre, ihm hier den Laufpaß zu geben, einfach zu verschwinden. Man konnte nicht sehen, was sich hinter den Ständen, dem Restaurant und den beiden Betonpissoirs verbarg. Ich beschloß zu verschwinden. Ich hatte das Gefühl, daß ich irgendwo erwartet würde. Erwartet? Von wem? Dem Bären, der Hyäne, dem einsamen Wolf. Nein, nicht einsam, Mütter, Väter, unersättliche Jungtiere. Griffen sie *en masse* an, oder als Rudel, und an welcher Stelle zuerst? Lebendig gefressen zu werden, es zu erleben, zuzuhören, wie das Ich einen grauenvollen, durchdringenden

Schrei ausstieß. Ein entsetzliches inneres »Nein« bei jedem Reißen, jedem Beißen, jedem Schlingen. Blut schien hervorzuschießen und in das Unterholz zu spritzen und dort zu glitzern, den Nebel zu durchsickern. Wie Gespenster. Manchmal stolperte ich. Ich streckte die Hände nach vorn in den Nebel, in die Luftwirbel, aber ich wagte mich nie zu tief herab, um nichts zu stören oder aufzuschrecken, und sei es einen Fuchs, der eine Krähe fraß. Meine Füße verrieten mir, daß ich über Steine und niedrige Büsche lief. Jedes Mal, wenn ich einen Schuh hinabsinken sah, stieß ich ein weiteres Gebet aus, ein freches Stoßgebet. Ab und zu rannte ich und hielt dann wieder inne. Ich hörte eine Glocke, ein seltsames Klingeln und wußte, daß meine Begleiter, meine Busgruppe mich suchte. Ich änderte die Richtung und rannte nun, ohne auf Gebüsch, Füchse oder Felsbrocken zu achten. Da warteten sie tatsächlich auf mich, einige ungeduldiger als andere. Der Reiseleiter machte ts ts ts. Ich war zu atemlos, um mich zu entschuldigen, zu verblüfft.

»Sie genießt ihre kleinen Fluchten«, sagte Dr. Flaggler und spottete über meine abgeschürften Beine und zerrissenen Kleider.

»Du hast wohl nicht gedacht, daß es in einer öffentlichen Kundgebung enden würde«, sagte er.

»Ich habe nicht gedacht ...«, antwortete ich entschieden.

Obwohl dem noch viele weitere entsetzliche Tage und Nächte folgen sollten.

Bald ist Valentinstag. Ich könnte dem Herzog eine Karte schicken, eine »Jungfer im Grünen«, ein Teufelchen oder ein Venushaar, eine Haarlocke von mir, und könnte einen Zeitungsausschnitt über lange Damenschlüpfer hinzufügen. Er würde sich etwas darauf einbilden, ein wahrer Frauenheld zu sein. Armer Herzog. Er nannte sich so, weil sein Nachbar ein größeres Grundstück hatte und aufsehenerregende Parties gab.

Ich lernte ihn in einem Café kennen, wo er eine Krawatte trug, die er ständig auf und zu band. Er war gegen Meeresfrüchte allergisch, bis auf Austern. »Nenn mich Bert«, sagte er. Er konnte ausgezeichnet französisch, und jedes zweite Wort war *»tartalette«, »les modes manières«* und *»tournedos«*. Er erzählte von Boulogne. Wir waren im Café Drake unten an der Straße und vertieften uns in unsere *Fish and Chips*. Er lebte in primitiven Verhältnissen. Ich hatte ihn schon oft gesehen. Ich gehe immer freitags dorthin, an meinem offiziellen freien Abend. Der Ober und Kassierer fungierte als Vermittler. Er fragte: »Chef, wollen Sie ein Bierchen trinken?« Ich brauchte nur noch meine Augen zu heben und einen dieser haßerfüllten Blicke auf sie zu werfen, um die Sache zu beschleunigen. Sein Besteck und sein Teller wurden gebracht und neben meinen geknallt. Die Gewürze standen bereits da, auch eine knollige Flasche Tomatenketchup mit grüner, zerfranster Tülle, die an die Ableger junger Tomaten erinnerte. Gott steh uns bei. Er fragte mich sofort, ob ich Dinge möge, die den Bauch betreffen. Ich antwortete mit ja und dachte dabei an Kneten und Massieren, eine Wärmflasche. Ich hatte sogar ein wenig Sehnsucht nach einer Schwarzen Messe, bei der der Bauch mit Samen bespritzt wird, einem großen Spritzer Teufelsshampoo. Natürlich antwortete ich zurückhaltend: »in Maßen«. Er sprach davon, wie er mich in die Geheimnisse des Essens einweihen würde, besonders

Austern. Schwärmte von ihrer Schale, dem Geruch, den vielen kleinen Rissen, dem Glanz, der bauchigen Höhle, in der das Tier lebte, dem Geruch nach Meer, dem Fleisch, das so weich war wie das Fleisch von Frauen, und dann ging es weiter mit dem Gaumenzäpfchen und wie der Saft den Kehldeckel hinabglitt, um sich an den Mandeln festzusetzen. Er beschrieb ihren Laich, der wie Bleistaub aussah, und die unterschiedlichen Schätzungen über die Menge an Eiern des Weibchens. Baster sprach beispielsweise von hunderttausend Eiern, während Leeuwenhook sogar zehn Millionen für möglich hielt. Und daß, egal bei welcher Zahl, die Nachfrage des Angebot überstieg. Ich dankte Gott, daß ich keine Auster war. Er beschwerte sich über die absurde angelsächsische Unterteilung von Vergnügen und Ernährung. Er sprach davon, daß er zur Tulpenzeit nach Amsterdam fahren würde. Er hatte seinen eigenen Wein mitgebracht, einen Met voller Kiesel, wie er sagte. Der Wein war von wunderschönem zarten Grün, wie die Schale heller Trauben, die Dr. Flaggler angebaut und die wir in einem Rausch des Kelterns zertreten hatten. Es war eine Erholung für mich: der Wein, die Gesellschaft, der ganze sinnliche Kram. Als nächstes sprach er von Karpolithen, den Fossilien von Hyänen! Sie liegen verstreut wie dicke Kartoffeln entlang der Küste des anerkannt schönen Ortes Lyme Regis. Ich fand das interessant, weil es sich so sehr nach Coose anhörte. Diese Klumpen, die vermutlich übelriechenden Ablagerungen, die die Respektabilität von Lyme Regis beeinträchtigten. Vielleicht würde ich eines Tages mit einer Thermoskanne und meinem Eschenstab dorthin gehen und mit diesen Phänomenen Hurling spielen. Ich trug mein langes Wollkleid, allerdings wegen meines geringen Einkommens ohne

Strümpfe. Als er meinen kalkweißen Spann erblickte, sagte er »Wie Perlen, welch ein Vergnügen«, und ihm lief das Wasser im Mund zusammen.

»Benutzen Sie manchmal die Estrapade?« fragte er.

»Laß mich in Ruhe«, antwortete ich und nahm Zuflucht zu der Ausdrucksweise von Coose, die ein gutes Ablenkungsmanöver ist, wenn sie zu dreist werden und direkt fummeln wollen. Er wollte mein Kleid über meine schneeweißen Schenkel nach oben schieben und fragte, ob ich Strumpfbänder trüge, in die er beißen dürfe. Strumpfbänder! Ich trug ja nichts, woran ich sie hätte befestigen können. Ja, er gab zu, ein sinnlicher Mensch zu sein, und daß er auf seinem Landsitz eine neue Rhododendronsorte züchte. Er düngte sie Tag und Nacht – mit allen nur erdenklichen Düngern, von Eseln, kleinen Pferden, seiner kostbaren Herde. Er wollte die Blumen Sufi nennen, nach einer seiner Ex-Frauen. »Sie müssen mich besuchen«, sagte er und fügte hinzu, seine Lieblingsfarbe sei aubergine, die er für Bettbezüge, Handtücher und Bademäntel gewählt habe. Früher sei es fuchsienrot gewesen, dieses ursprüngliche leuchtende Rot, die Sorte, die wie Glitzerschmuck in den Hecken von Coose hängt, wie Glocken, blutende Glocken, die in der zischenden Hitze des August zu erklingen drohen. Die Liste seiner guten Taten war außerordentlich lang. Er konkurrierte in jeder Hinsicht mit seinem Nachbarn, wobei er zugeben mußte, daß dessen Haus besser geschnitten sei. Jedes Jahr im Juni, wenn die Gärten und alles andere am besten zur Geltung kamen, besuchte eine Gruppe von Spastikern sein Anwesen. Er gab ihnen kleine Geschenke, Kleinigkeiten wie Handschuhe, Duftkärtchen und so weiter, von denen ein jedes hübsch in buntes Papier verpackt und mit Geschenkband, nicht etwa mit Zwirn, versehen war. Das Komischste an der ganzen Sache war die Badezeremonie. Er bestand darauf, daß sie ihr Bad in dem fließenden Bach nahmen, und steckte sie mitsamt ihren Stühlen an den Fuß seines künstlichen Wasserfalls, so daß sie vom Wasser bespritzt wurden. Er erzählte, daß sie für jeden Spaß zu haben seien, für jeden Blödsinn. Ich stellte mir vor, im nächsten Juni dort zu sein, ihnen die Rücken mit langen Luffaschwämmen zu waschen. Ich nahm an, daß sie bei dieser Gelegenheit ausgezogen sein würden, im Adamskostüm. Ich ahnte noch nicht, daß unsere Beziehung dann verdorben sein würde, wie schon so viele andere, wie alle anderen. Ich tat ihm unrecht. Aus irgendeinem Grund, den ich immer noch nicht begreife, hatte er in seinem Schlafzimmer eine Schale mit Porridge stehen. Vielleicht wurde er nachts das Opfer übernatürlicher Hungerattacken und mußte aufstehen, um ein paar Löffel Porridge zu sich zu nehmen. Aber dann hätten dort sicher auch ein Salzfäßchen und ein Sahnekännchen gestanden. Er erzählte, daß er einen guten Schlag habe und einmal mit seinem Lieblingscousin, einem Meeresbiologen, auf einem Kricketfeld gestanden und herumgealbert hätte. Er hatte einen leichten Schlaf und stand immer mit dem Dorfhahn auf, weshalb sich der dortige Gutsherr oft an ihn erinnerte, der Hahnenkämpfe vor dem Frühstück organisierte und anschließend Backgammon spielte, Wettrennen veranstaltete oder mit Frettchen jagte. »Bist du sicher, daß du dich nicht erkältest?« fragte er, zog die Linie meines Knies nach, und zwickte mich dabei, als seien seine Finger Zangen oder Zuckerzangen. Er hielt Vorträge über Osterglocken, daß sie in diesem Jahr wegen des schrecklichen Schnees zweieinhalb Wochen später blühen würden. Die schweren Schneefälle scheinen vorüber zu sein, aber ab und zu schneit es noch kleckerweise. Und wenn ich aus einem Schlummer erwache, denke ich oft, daß es Blütenblätter auf den Beeten seien, ein paar einsame Blüten, die Vorläufer des Frühlings. Hier sind die Beete alle herzförmig. Draußen in der Siedlung liegen auf den freien Stellen noch Schneehaufen, gelb und geschwollen, die darauf warten, weggeschaufelt zu werden, Regen abzubekommen oder von der Sonne geschmolzen zu werden. Die Sonne kommt sehr tief und gebieterisch zum Vorschein, eine rotgoldene Kugel, die am Spätnachmittag jeder sehen kann. Das einzige bißchen Wärme, das es gibt, denn alles andere ist gespenstisch. Die Gesichter sind Wintergesichter mit wollenen Kopfschützern und dunkler Kleidung.

Wir begannen, umeinander zu buhlen, der Herzog und ich. Trafen uns zum Mittagessen und nachmittags in seinem Haus für Greueltaten auf seiner Veranda. Wir tranken aus Schnurrbarttassen, die Jalousien waren heruntergelassen, so daß das Licht wie durch Gitter hereinfiel. Als besonderen Kitzel trug ich Strumpfbänder. Albernes Gerede. Kinderreime. »Mary, Mary, widerspenstiges Mädchen« und »Aus dem Weg, oder ich versohle dir den Hintern«. Wir waren ausschweifend ohne die leiseste Spur von Scham oder Können, verglichen mit dem, was die verschiedenen Blumen symbolisierten. »Ich nenne sie meine rote Lilie« oder »Meine Maisie fasziniert wie eine Nelke«, und dann meinte er, daß alles ein bißchen zuviel wäre, und ich wurde die kleine Witwe Fusby, an deren Zwickel er zog. Das stammte nicht aus dem Buch von Ballymote. Mütterlicherseits ist er ein Ausländer, Kaukasier. Darum tranken wir Himbeertee und Wodka aus kleinen silbernen

Henkelbechern. Er war viel natürlicher als die meisten Menschen, die ich kannte. Er fragte mich nach meiner Anämie, machte mir kleine Geschenke, Pippinäpfel und sogar eine seiner kleinen Fingerschalen aus Porzellan, weil ich die Verzierung bewundert hatte. Nun besitzt er nur noch elf. Meistens ließ er mich von seinem Chauffeur nach Hause fahren, und wenn wir hier ankamen, duckte ich mich, weil ich mich so fehl am Platze fühlte. Ein Bentley ist nicht gerade meine Heimat, ich sehe mit einem Karren, den ich an der Deichsel ziehe, irgendwie besser aus. Es ging alles sehr hübsch voran. Die eleganten Mittagessen, die kleinen Schürzchen aus seiner Kinderzeit, die ich anzog, kandierte Veilchen, das Ritual dazu, er sagte »Augen zu und Mund auf, paß auf, was Onkel Bert dir Schönes gibt«. Ein netter Einfaltspinsel. Dann ließ er mich bei einer Abendeinladung, zu der er mich mitgenommen hatte, sitzen. Sehr etepetete. Immer nur »Schätzchen, Schätzchen« und »Wie konntest du nur so lange aus unserem Leben verschwinden?« und »Ist es nicht wunderbar, daß keiner krank ist und niemand verreist?« Die Patenkinder schickten ein Telegramm von der Isle of Man – WIR HOFFEN, DASS EUCH DER RÄUCHERLACHS SCHMECKT. Für die Mäntel gab es ein Sofa und für die Pelzmäntel einen verschließbaren Schrank. Die Gastgeberin trug kleine silberne Blätter im Haar, die mit Haarspangen befestigt waren. Sie hatte gerade eine wunderschöne Muschelsammlung aus Australien bekommen, ganz bunt, mit verschiedenen Tupfen, so daß man sehen konnte, daß die Lebewesen sie gerade erst verlassen hatten, es waren die Lebensspuren dieser Tiere. Die Tupfen gingen ineinander über, und man konnte sie schwer einer einzigen Farbe zuordnen, so vermischt waren sie. Ich wollte eine davon mitgehen lassen und sie als Talisman behalten, wie das Kruzifix, das ich besitze, und der herzförmige Stein, den die Nordsee an Land gespült hatte.

Er achtete darauf, mich allen vorzustellen, und ich bemerkte, wie die Damen mich taxierten und sich fragten, ob ich wohl arbeitete oder in einem Appartement ausgehalten werde. Ich war sehr gepflegt, fein herausgeputzt. Eine der Frauen trug ein Vermögen am Hals, ein Drittel einer kostbaren Kette. Die beiden anderen Teile waren abgeschnitten und an ihre Schwestern verteilt worden. Sie war in ein hübsches Geschmeide umgearbeitet, falsche Edelsteine, die von echten nicht zu unterscheiden waren, füllten den Rest der engen Halskette aus. Sie benutzte sie als Köder für die Männer, die sie zum Spekulieren herbeilockte und die ihren blassen Hals berührten. Dann wurde sie arrogant. Die Gäste bedauerten die Gastgeberin, denn ihr Haustier, ein singender Kanarienvogel, war an diesem Tag gefressen worden. Louis, der Butler, hatte die Käfigtür offengelassen, und die Katze war hereingekommen. Es sollte eine Beerdigung im Garten stattfinden. Und gerade, wenn sie den Tränen nachgeben wollte, umarmte sie einen Neuankömmling und sagte: »Ist es nicht wunderbar, daß keiner krank ist und niemand verreist?« Der Butler war nett, und es war lustig, mit anzusehen, wie er den Champagner einschenkte, seine Taktik war es zu warten, bis der Champagner fast über den Rand floß, und dann nachzugießen. Er durchschaute die ungeheuerliche, kleinliche Gier der Trinker, mich eingeschlossen. Ich glaube, er hat mich richtig eingeschätzt.

Die Tische waren für jeweils vier Personen gedeckt. Runde Tische mit Tülldecken und dicken Kerzen in schwarzen Kerzenhaltern. Sie waren in alle Richtungen gebogen, wohin man auch blickte, konnte man eine flakkernde Kerzenflamme sehen. Unter jedem Kerzenhalter befand sich eine Schale für das herabtropfende Wachs, die mit einer Essenz gefüllt war, so daß unmittelbar ein seltener Duft entstand, von Moschus oder möglicherweise von Zibet. Die Teller waren mit unterschiedlichen Arabesken versehen. Der Herzog und ich gingen herum und suchten uns die schönsten aus. Manchmal tat er so, als wolle er einen der Teller einstecken. Es war chinesisches Porzellan, und in der Glasur befanden sich die faszinierendsten Farbströme. Wenn er sie mit seinem Sektquirl berührte, entstand ein schauriges Klingen, das den Raum durchdrang, wo die Unterhaltungen der reinste Schwachsinn waren.

»Kein Wunder, daß mich der Kinderarzt entsetzt anstarrte.«

»Edward mag es nur durchgebraten.«

»Du solltest ihn sehen, er sieht aus wie ein Geheimagent …«

Einer der Männer, der neben mir saß, hatte seine Geliebte in einem Bad in Kensington geliebt, in einer Nacht des Jahres 1960. Später verschwand sie, und es kam ihm zu Ohren, daß sie jemanden von der Königlichen Marine geheiratet hatte. Er meinte, ein Bad sei *der* Ort für Liebe. Ich widersprach ihm nicht. Er wiederholte immer wieder: »Vergessen Sie nicht, daß das in den 60er Jahren war, als man noch nicht so freizügig war.« Plötzlich begannen alle zu klatschen. Einer der Männer, der Direktor einer Hygienefirma, war eingeschlafen. Aber jedermann wußte, daß er in dem Moment aufwachen würde, wo seine Gabel auf den Teller fiel. Er machte ein kurzes Nickerchen, wie er es im Krieg in Korea gelernt hatte. Seine Frau wurde dafür ebenso beglückwünscht wie er. Sie hieß Georgina. Sie trug einen Nylonstrumpf um den Hals und nahm zwischen dem ersten und dem zweiten Gang eine Tablette. Der zweite Gang bestand aus mit Kaviar gefülltem Räucherlachs.

Es war unmöglich, das Essen zu genießen, weil die Unterhaltung so mühsam war. Soufflés wurden herumgereicht und bejubelt. Zu meiner einen Seite saß der Badeteufel, an der anderen Seite ein sehr aufdringlicher Mann. Er betonte immer wieder, wie gut alles serviert wurde, lenkte die Aufmerksamkeit der anderen auf die Lilien, die Wappen auf dem Besteck, die Kelchgläser. Dann erzählte er mir überschwenglich von einem Abend, den er in einer polnischen Wohnung verbracht hatte, wo es kalten Schinken und Dillgurken gegeben hatte und alle geweint hatten. Dann kam eine längere Ausführung über Striptease in Hamburg, Schlüpfer oder Knickerbocker und die Kunststücke von Tieren und Menschen. Hin und wieder hob der Herzog, der neben der Gastgeberin saß, sein Kinn in meine Richtung und spitzte die Lippen. Das blieb nicht unbemerkt.

Ich betrachtete ihre Münder, ich schaute ihren Zungen zu, die sich wie Fühler bewegten. Ich betrachtete ihre Kiefer. Ich konnte mir meinen eigenen Kiefer vorstellen. Ich hatte hier nichts zu suchen. Die andere Dame am Tisch war spitzbusig und gleichmäßig gebräunt. Sie hielt den Männern ihr Dekolleté entgegen, als trage sie ein Wappen. Sie konkurrierte mit mir um die Aufmerksamkeit der Männer, und so wie es aussah, wollte ich gar nicht gestört werden. Ich hätte es großartig gefunden, wenn die meisten von ihnen verschwunden und nur noch einige wenige Auserwählte an den verschiedenen Tischen geblieben wären. Die Gänge wurden sehr langsam aufgetragen, alles genau geregelt, auch die Musik. Zum Dessert, heißen Crêpes und kalter Schlagsahne, kam ein Sänger oder Harfner, der uns bis zum Morgengrauen entzücken sollte, bis alle Kerzen gelöscht und wir schläfrig aber glücklich nach Hause gefahren würden.

Ein Schotte aus dem Hochland bat mich auf die Veranda. Er sagte, daß er an der Lust nach dem Essen leide. Er war ein junger Mann, dessen Gesicht ein bißchen vernarbt war und der den Kilt seines Clans trug. Er fragte, was ich so machte, und ich antwortete, daß ich dem Müßiggang hingegeben sei, was seine Phantasie anregte. Wir näherten uns einer äußerst zweideutigen Skulptur, die kunstvoll beleuchtet wurde und auf die er meine Aufmerksamkeit lenkte. »Sie sind ein kleiner Tunichtgut«, sagte der Blödmann.

»Laß uns in einen Nachtclub verschwinden«, sagte er.

»Nun mal langsam, Sie kleiner Wüstling, hier werden keine Damen entführt«, sagte der Herzog, und sie fingen einen freundschaftlichen Streit über den Sitz des Schotten an, zu dem er unschuldige Mädchen lockte und wo er sie mit Bienenwachs und gefülltem Schafsmagen fütterte. Als wir alleine waren, küßte mich der Herzog und flüsterte mir etwas über die Witwe Fusby ins Ohr, über meine Strapse, meine Wespentaille – die ich nicht habe. Er sagte, daß mich alle entzückend fänden, besonders Helen, die von meinem Charisma gesprochen hätte.

Dann nahm er ganz ernst meine Hand und machte mir einen Heiratsantrag. Er sagte, daß er auch nicht jünger würde, genauso wenig wie ich, und warum wir nicht so vernünftig wären, diesen Schritt zu wagen. Ich erstarrte. Ich hatte noch niemals etwas so wenig Zusammenpassendes gehört wie die Vorstellung von uns beiden.

»Das kann ich nicht«, sagte ich.

»Aber Mary, Mary, widerspenstige Mary«, sagte er und drohte mir mit dem Zeigefinger, und er sprach von meiner kleinen Fackel, unseren gemeinsamen tollen Zeiten und unseren Abenteuern. Er, der in den Gräben gelegen und gesehen hatte, wie Städte geplündert und schwangere Frauen von Bajonetten durchbohrt wurden. Er konnte nicht alleine sein. Er war zu morbid.

»Nein, Bert«, sagte ich. Ich konnte mir alles genau vorstellen: die auberginefarbenen Laken, den Komposthaufen, den Juni, die Rosen im Juli, Bridgeabende, daß ich Abendkleider, Reithosen und Tweedjackets anziehen müßte. Das ganze fröhliche Protokoll. Eine ganz neue Linie von Lügen und Vertuschungen. Ich schüttelte den Kopf.

»Aber bald wirst du ein altes Mädchen sein.« Das ärgerte mich.

»Genau wie du«, antwortete ich .

»Wenn es nicht klappt, kannst du dir jederzeit einen Liebhaber nehmen, einen Bauerntrottel.«

»Haben das deine anderen Frauen getan?« fragte ich, weil ich mich über die Beleidigung der Bauern ärgerte. Es hatte dieselbe Wirkung, als wenn ich ihn verprügelt oder kastriert hätte. Sein ganzes Gesicht zitterte.

»Es gibt keinen größeren Narren als einen alten Narren«, sagte er und verschwand zurück in den Saal, wo sie nach ihm riefen, um die Trauermusik für den Kanarienvogel zu besprechen.

McCall, der alte Schlauberger, kam wieder zum Vorschein, er hatte seinen Kilt über das Gesicht gezogen, um sein Lachen zu dämpfen. Anscheinend konnte der Herzog gar nicht um meine Hand anhalten, weil er eine Frau auf dem Land hatte. Eine Frau mit einem verkrüppelten Arm. Und seine anderen Frauen, die wunderschöne Tilly und die Pferdenärrin Sufi, waren reine Erfindungen gewesen. Ich wollte hineingehen, um ihm zu gratulieren, um ihm zu sagen, daß er ein Mann nach meinem Herzen sei, ein Träumer. Ich schob es hinaus, bis ich am Ende so besoffen war, daß ich es überhaupt nicht mehr sagen konnte. Ich wurde von dem Mann nach Hause gebracht, der in Polen die vielen Tränen gesehen hatte.

Ich habe eine Schneeballschlacht gemacht. Sie war sehr wild und lebhaft. Ich habe noch nie soviel geflucht. Alle diese kleinen Schlingel, die mich übertrumpften, mich bombardierten. Ich kenne ein paar von ihnen aus dem Wohnblock, sie haben mich zu sich eingeladen. »Komm doch mal auf einen Apfelsaft vorbei«, sagen sie. Eine besitzt eine Boa Constrictor, der sie einmal in der Woche eine lebendige Maus zu essen gibt. Ich sagte, daß ich die Schlange nicht für hundert Pfund anfassen würde. Sie sagte, daß sie die Schlange kostenlos anfassen würde, und wickelte sie sich wie einen Armreif um ihr Handgelenk. Sie wird auf einem Jahrmarkt landen.

Als ich sie zum ersten Mal traf, kauerten sie unter Bäumen. Sie hatten etwas Geheimnisvolles an sich. Ich hörte sie, bevor ich sie erblickte, ich hörte das Knacken der Zweige. Dann erblickte ich ihre Schuhe, ihre Kniestrümpfe, die kleinen Storchenbeine. Es sind drei Mädchen, zwei mit braunen Augen, eins mit blauen. Sie kamen hervor, bückten sich, um mich zu grüßen. Sie waren hinter dem Geländer, und ich stand davor. Sie befanden sich in einem kleinen Garten inmitten der Siedlung, ein kleiner zurückgezogener Ort, abgesondert vom Rest. Wie sie lächelten. Sie lächelten mit den Augen, und der Rest ihrer Gesichter blieb ganz ruhig, beinahe regungslos, aber ihre Augen leuchteten und waren gespannt. Sie würden gerade backen, erklärten sie mir. Ihr Essen bestand aus Eicheln, und sie hatten Anmachholz zu einem baufälligen Stapel geschichtet. Sie konnten nicht aufhören zu lächeln. Es war wie ein Lachen, das sie nicht unterdrücken konnten. Eines der braunäugigen Kinder hatte kleine goldene Stecker in den Ohrläppchen und hieß Conchita. Ein kleiner Busch blühte und rankte sich um einen Drahtbogen. Die Blüten waren winzig und gelb, wie kleine gelbe Uhren, die in Abständen den grünen, geschwungenen Busch übersäten. Und ich hätte schwören können, daß es nach Flieder roch, nach Fliederbüschen, wie manchmal nach einem Regenguß, wenn der Geruch von nassem Flieder alles durchdringt. Ich hatte mir in einem Trödelladen gerade ein Federbett gekauft. Es war gesteppt und war so aufgehängt, daß einige Quadrate oben an der Decke hingen und andere nach unten hüpften wie Ballons. Sie hatten dort auch ein Bild von der heiligen Theresa mit den Junirosen, aber ich konnte mir nur das Federbett leisten.

Ich hätte ihr Lächeln aufessen können. Sie unterbrachen es nicht, sondern lächelten die ganze Zeit, als hätten sie Lichter in ihrem Innern, Lichter, die nicht verloschen. Sie schienen von mir entzückt zu sein. Sie taten so, als würden sie das Feuer anzünden, dann knieten sie sich um die Feuersbrunst, legten Eicheln auf, aßen im Spiel, spielten Vater, Mutter, Kind. Sie luden mich ein, aber ich hatte keine Zeit. Ich war mit einem meiner Liebhaber verabredet.

Am nächsten Morgen lag auf der Fußmatte ein Blätterhaufen. Sie waren alle zusammengebunden, um etwas darzustellen, was, das wußte ich nicht. Manche der Stengel waren geschlitzt, um einen anderen Blattstiel hindurchstecken zu können, sie waren ineinander geflochten. Als ich es aufhob, fiel nichts herunter, nur einige der Blätter hingen ein wenig herab, wie es das Federbett getan hatte. Sie kamen zur Mittagszeit wieder und fragten, ob sie mir das Auto waschen sollten, obwohl sie wußten, daß ich Fußgängerin bin. Als sie ins Haus kamen, fingen sie an herumzulaufen, als sei es eine Anlage oder eine Ruine. Sie zogen alles heraus und rutschten im Nu das Treppengeländer herunter, fummelten an den Feuerlöschern herum. Eine von ihnen zerbrach eine Zuckerdose, und wir setzten sie Stück für Stück wieder zusammen, als ob sie gar nicht zerbrochen wäre. Ich werde sie wieder kleben. Man kann sich ihre fröhlichen Stimmen kaum vorstellen. Sie waren verrückt nach meinem Zucker, den Zuckerstückchen. Ich legte ihnen Stückchen auf die Zungen, und sie wetteiferten darum, wer sie am längsten im Mund behalten konnte, ohne zu kauen oder daß sie schmolzen. Sie kamen samstags. Manchmal gingen wir raus, unternahmen eine Safari durch die Siedlung, und ich sollte ihnen etwas beibringen. Sollte dort in der eisigen Kälte Unterricht abhalten, ihnen etwas über die magischen Bräuche der Pflanzen, Kräuter und Teichtiere erzählen und was die Götter und Göttinnen für Embleme hatten. In solchen Augenblicken bin ich sorglos und lache. Später werden wir auch picknicken und eine Sommerschule abhalten. Sie nennen es Heckenschule. Sie wollen schwänzen.

Der Finne war eine ganz andere Sorte Liebhaber als Dr. Flaggler. Er hatte das Aussehen eines Häuptlings. Machte Fischaugen zu Fischködern und verarbeitete das Fischfleisch zu köstlichem Eintopf. Er hatte Ideale, wollte die Kunst des Gartenbaus auf den Inseln einführen, wollte diesen einsamen Menschen beibringen, wie man Salat, Fenchel und Erdbeeren anbaut. Sehr fleischlich. Für ihn war alles taubedeckt und rosig. Es ist ein Rätsel, wo sich der Nektar der Frauen in den lustlosen, den partnerlosen Zeiten verbirgt. Wir schliefen überhaupt nicht, dösten nur kurz vor dem nächsten Übergriff, während der Finne seine Shantys vor sich hinmurmelte. Er erzählte, daß das Meer überhaupt nicht dunkel sei, denn er sei unten gewesen. Dort gab es eine ganz andere Art von Blumen, Steinkorallen und andere Korallensorten, Figuren, die wie die Dolomiten aussahen, goldene und berückende Fauna, auch feuerspeiende Vulkane, Schwertfische und spielende Fische. Seine Aufmerksamkeiten und seine Überfälle waren wunderschön. Jadetor, Jadetor. Er glich ein wenig einem chinesischen Märchen. Aber in sonstiger Hinsicht war er ein Wikinger, ein Segler, ein Seemann, ein dunkler, sich windender Aal. Sein Lieblingstier war der Keiler. Er mochte es auf jede Art: Purzelbäume, mit zusammengekniffenen Beinen, der Liebestrank, die wilde Schmuserei, das Winden wie junge Lachse. Er betrachtete Frauen und Mädchen stets in Verbindung mit Wasser, wie Riedgras, Teiche, Wirbel, Geschöpfe, die ihn aufsaugten. Er hatte mit der alten Skylla den Styx überquert, er wäre überall hingegangen. Er bewahrte in seinem Wagen eine Taschenlampe auf, um mich immer anschauen zu können, meine Lippen, meine braunen Augen, meine Zähne. Wir wollten um die Welt fahren oder besser noch, gefahren werden, mit Jalousien an den Fenstern, damit wir uns jederzeit hinlegen könnten, und seine geschickten Hände, die mich, wie Butterschläger, in jede beliebige Form kneten konnten. Ich war ganz gefügig. In der Stille danach kuschelte ich mich an ihn und lauschte den Geschichten von den Inseln und den Fischern, der Art der Boote, die sie zum Heringsfang benutzten, dem Schnaps, den sie tranken, und von den Drachen und Seeschlangen, vor denen sie sich fürchteten.

Er hatte eine blinde Frau, eine Pianistin. Sie übte jeden Tag vier Stunden bei geöffnetem Fenster, egal bei welchem Wetter. Als ich ihn kennenlernte, trug er einen großen Weidenkorb voller winziger schwarzer Fische, die sich hin und her wanden. Ihre Augen glichen Stecknadelköpfen, sie hatten das gleiche leuchtende Rot wie Marienkäfer. Er schüttete sie in eine große Pfanne, in der sie herumirrten, erfolglos herumirrten. Wir waren eine Gruppe von Leuten auf einem Hausboot. Einer machte Fotos. Vielleicht existiert also noch irgendwo ein Abbild dieses Tages, eines Frühsommertages, der Brise, dem Rascheln des Schilfes. Der Finne, wie ein Sultan im Badetuch, das Meerwasser auf seinen Armen, die schwarzen Krebstiere beziehungsweise Schalentiere, die im kochenden Wasser rot wurden. Die verschiedenen Schnäpse und die Tapferkeit, mit der er einen Mann vor dem Ertrinken rettete. Der Mann war betrunken und stieß endlose Flüche aus, weil er nicht gerettet werden wollte. Das war, nachdem er von Mund zu Mund beatmet worden war. »Dann spring doch wieder rein«, sagte er ganz gelassen. Der Betrunkene ließ sich, flankiert von seinen betrunkenen Freunden, an der Kaimauer nieder. Sie konzentrierten ihre Verwünschungen nun auf das Wasser. Neun graue Männer auf dem Kai, neun Schatten auf dem Wasser. Der Gerettete holte seine Bettelschüssel hervor, seine Stoffkappe. Sie alle besaßen eine Flasche und ein Messer.

Der Finne folgte mir in das Land, in dem der König Hämorrhoiden hat. Festtage, Volksfeste, Küssen und Scherzen, Nickerchen zwischen den Mahlzeiten, der Finne dehnte sich aus. Er war mehr als ein Mann, er war wie ein ganzer Clan von Männern, wie ein altes walisisches Sängerfest, einer jener Uralten, in allen Dingen und Kleinigkeiten, der Knochen um das Haus verteilte, aus dem Hinterhalt angriff, Worte ausstieß, sanfte, blasphemische, laute, beschwörende, die Eier in Duftsäckchen gehüllt, die Hosen runtergelassen, Knöpfe, kaputte Lederknöpfe, rollten über den Boden. Der Finne gab Grunzlaute von sich, Flüche, etwas Schmutzwasser, dieselben Worte wie in einem Poesiealbum – Liebe und Veilchen für immer und ewig. Der Finne zog die Vorhänge zu und ein Nachthemd an wie Old King Cole. Griff nach der Bettdecke, stieg hinein, rief »Hey ho« und sang Shantys. Eine Art Embargo. Die Wogen, die Beulen, die Bisse, hin und her geworfen, umgekehrt, heiser, wohlklingend, Höllenlärm, erhobene Hinterteile, verschwenderischer Gebrauch von Worten, feuchte Worte, Zungen, Kohlen, Körbe von Feuer und der Teufelsstab, der sie durchbohrte.

Und doch gab es Pausen, die gefüllt werden mußten, die Pausen, wenn sich die Leute fragen: »Was mache ich eigentlich hier?« und »Was denkt er oder sie?« Er zerlegte die Kisten, um sie zu verbrennen, und schnitzte einige Stückchen zu Spindeln. Er stapelte das Brennholz. Mit seinem Messer schnitzte er daraus kleine Figuren und Meerjungfrauen, kleine Boote und Ruder. Er kaufte Steaks, so dünn wie Pergament, die er in Öl tauchte und über dem offenen Feuer briet. Er hielt sie mir an einer langen Röstgabel hin und sah mir beim Kauen zu. Das Öl tropfte überall hin, die neuen Füllungen fielen mir aus den Zähnen, aber ich kaute und lächelte, wie es das Glücklichsein verlangt. Nähe, Ferne. Wie lange würde er noch bleiben? Aber es gab Hoffnung, wir sprachen davon, wie Leuchtfeuer in der Dunkelheit. Er würde mich zu den meerumschlungenen Inseln mitnehmen. Ich würde die Männer kennenlernen, die fischten und tranken, würde ihre Galeonen sehen, ihnen zuhören, wie sie nach Frauen lechzten, wenn sie nachts unterwegs waren, und den Mann kennenlernen, der sagte, sein Taschentuch gleiche einem Seestern, wenn er Schnupfen hätte. Frauen und Seesterne und die baltischen Nächte. Ich könnte dort bleiben, kopulieren, seine Gehilfin, seine Sirene sein. Er schnitzte seine Initialen in den Tisch, die Meßlatte. Wir sprachen nicht über seine Frau, nur ein einziges Mal. Ich fragte ihn, ob sie von Geburt an blind sei. Ich weiß es bis heute nicht. Er erzählte, daß er in einem ihrer Träume der Weihnachtsmann war, ganz in leuchtendes Rot gekleidet. Dadurch bekam ich den Eindruck, daß sie sich sehr nahe standen, sich morgens, gleich nach dem Aufwachen ihre Träume erzählten. Er knirschte im Schlaf mit den Zähnen. Er weinte. Er ging zum Reisebüro und bestätigte seine Rückreise.

Dann kam der Brief: »Allmählich wird mir klar, daß ich Dich liebe.« Darauf folgte ein langes Schweigen. Die Zeit, in der sich die Liebe vertieft. Er fuhr mit seiner Frau in den Süden, in die Sonne. Ich machte mich ebenfalls auf den Weg dahin. Das waren die ungestümen Tage, und ich hatte ein wenig gespart. Eines morgens in Spanien, nach einem Sturm, die Erde war noch aufgewühlt und die Terrassen kurz vor dem Zusammenbruch, wartete ich auf ihn. Ich befand mich in einem neuen Hotel, das noch verputzt wurde und wo sie letzte Hand anlegten, weil es in der folgenden Woche eröffnet werden sollte. Die Atmosphäre war äußerst hektisch, Männer schoben Schubkarren und hämmerten. Das Baugerüst war alles andere als stabil. Und draußen waren die Gärtner, die Zementsäcke aus Plastik über ihren Schultern trugen und Petunien für den großen Tag pflanzten. Das Wasser in den Becken war so stürmisch, daß die Petunien wie auf Flößen davontrieben, sich nirgends niederließen, sondern wie Boote aus Balsaholz umhertrieben. Es fand eine Musikerkonferenz statt, und einer von ihnen, dessen Schüler unaufhörlich Lieder schmetterten, teilte mir mit, daß sie die ungeheuerliche Entdeckung gemacht hätten, Toscanini habe dieselbe Wellenlänge gehabt wie Bach. Er erzählte es jedem, auch den Arbeitern. Ich fürchtete schon, daß ihm die Augen aus dem Kopf fallen würden. Der Taxifahrer trug Gamaschen, als er zurückkam, was bedeutete, daß er noch zu Hause vorbei gefahren war. Ich las eine maschinengeschriebene Nachricht: »Mein Mann ist nicht da, kann sein, daß er nächste Woche wiederkommt, vielleicht aber auch nicht.« Sie hatte mit ihrem Vornamen unterschrieben: Tora. Ich fragte mich, wer ihr wohl den Zettel vorgelesen und übersetzt hatte. Ich hatte den lächerlichen Wunsch, ihr etwas zurück zu schicken. Vielleicht ein in ein Stück Papier gewickeltes Zuckerkörnchen. Das war es also.

In dem unfertigen Speisesaal befanden sich nur vier Gäste, der Kellner, zwei Schachspieler und ich. Ich betrank mich mit Rum. Der Kellner bot mir eine in Marmor eingelassene Badewanne an, um den Rausch darin auszuschlafen. Ich schlief mit einem Handtuch bedeckt und träumte, träumte von einem Strand, auf dem bunte Leinenschuhe in einem Muster ausgelegt waren, das zugleich schön und schaurig war. In dem Traum war ich barfuß, so wie Lil in ihrer Schulzeit.

Als es Zeit war, mich zu wecken, spritzte mir der alte Kellner etwas Wasser ins Gesicht, lachte und streckte mir die Zunge heraus. Er hatte sich ein anderes Jackett angezogen, grüner Samt, der ordentlich gestopft war. Ich wehrte seinen Kuß ab, er meinte, ich solle ihm den Versuch nicht übelnehmen. Ich erwiderte: »Keine Ursache, keine Ursache.« Es sollte Krippen für die armen Leute geben, deren Drüsen sich gerade entzündet haben, wie es auch Klagemauern gibt und Tempel, in denen man singen kann. Wieder zurück, gab es in der Nacht ein Erdbeben, das von Gibraltar kam. Es erschütterte das Fundament der kleinen Villa, die ich gemietet hatte, und die Betonwände begannen zu tropfen, und die Sperrholztür schwoll an. Ich kam nicht aus dem Schlafzimmer heraus. Ich zog, drückte und schob und sprang schließlich durch das Fenster. An der Autobahn nahm mich ein Lkw-Fahrer mit. Er war sehr korpulent und atmete pfeifend. Ich wußte, daß der Finne sich hier irgendwo aufhielt, hinter einem der Fenster oder hinter einer Mauer dieser entsetzlichen Urbanisierung, zurückgekehrt in die Arme seiner blinden Frau. In der ersten erleuchteten Stadt, die wir erreichten, sprang ich aus dem Wagen. Der Fahrer hupte, weil ich ihn nicht vorgewarnt hatte. Am Flughafen kaufte ich mir Zuchtperlen und in schwarzes Kreppapier gehüllte Seife. Es war ein wunderbarer Flug, ätherisch, so hoch oben, von allen Dingen entfernt, die Luftwirbel, das blaue Licht, die Wolken wie Flaumfedern, auf denen man tanzen könnte.

Etwas später schrieb er mir:

Unmöglich, Dich zu sehen
Jetzt –
kann nicht gehen
NÄCHSTES MAL
immer nächstes Mal
nächstes Mal
nächstes Mal
nächstes Mal
Das nächste Mal ist nun das letzte Mal.
Ich schicke Dir dies sofort zu.

Ich antwortete ihm auf der Stelle:

Ich sitze hier und hasse Dich. Sollte ich Dir je gesagt haben, daß ich Dich liebe, vergiß es. Wenn man die leuchtende Postkarte des Glücks sieht, spuckt man darauf. Das kümmerliche bißchen, was möglich ist, gehört immer nur den anderen, wie es jetzt auch Dir gehört. Du hast eine Frau, blind und blond, von der Du sagst, daß Du sie haßt. Ich würde sie Stück für Stück zerreißen, wie ein Hund ein Stoffhäschen zerfetzt, und sie dann essen, um sie schließlich auszukotzen, damit sie nicht in den Genuß meiner Verdauungssäfte käme. Du bist von ihr zu mir gekommen. Du Schwein. Ich habe Dir meine Liebe erklärt. Es waren nur Lügen, nur Schund. Das ist meine Sklaverei, meine Begabung für die Lüge, theatralisch, wie ein geerbtes Muttermal oder eine Hakennase. Vergiß es, Kumpel.

Den Slang habe ich in New York aufgeschnappt, wo ich einmal hinfuhr, um für Coose zu werben. Das war in meiner Blütezeit. Ziemlich lachhaft. Meine Aufgabe war es, die unglücklichen Exilanten zurückzulocken, zu der alten Sumpfstraße, den Forellenbächen, den Schenkritualen. Ich lernte dort einen Polizeichef kennen, der mir gleich erzählte, daß er ein Waffennarr sei. Er trug in seinen Taschen vier Revolver, war über einen Meter achtzig groß. Seine Frau machte keinen *boogie*, was immer ein *boogie* sein sollte.

Sie sagten alle dasselbe: »Leck mich am Arsch«, »Ohjemijemine«, »Nope« und »oh Gott« und »scharf«. Die meiste Zeit war ich von den neuen Mischungen besoffen. Ein anderer Verrückter, der Flugblätter verteilte, sagte, daß ich noch nicht einmal als Rucksack für Bessie Smiths Arsch taugen würde. Schon wieder Arsch. Er taugte auch nichts. Es gab in jedem Feinkostgeschäft Truthahn-Sandwiches, obwohl Weihnachten weit entfernt war. Ich entdeckte einen Spruch auf einem Klo: ICH KAM WEINEND AUF DIE WELT UND HABE SEITHER NICHT AUFGEHÖRT ZU WEINEN. Er war mit Emily unterzeichnet und mit sehr gelben Exkrementen geschrieben, ganz frisch und mehlig. Als ich zu meinem Tisch zurückkehrte, erzählte ich meinem Begleiter, einem Werbebonzen, davon. Man hätte glauben können, daß ich ihm einen Siegeskranz überreicht hätte. Er begann zu strahlen und erzählte, wie seine Frau einen Hirntumor und seine Geliebte Krebs gehabt hätten, und daß er sie erst dann, als sie mit Intubationen und Medizin vollgestopft und dem Tode geweiht waren, richtig habe vögeln können. Ich muß wohl gelächelt haben, weil er mir sagte, daß ich ein hübsches Lächeln hätte. Er lud mich zu sich nach Hause ein, damit er Fotos für sein Album machen könnte. Seine ganze Familie war in Verbrennungsöfen geendet. Ich schreckte zurück. Ich spürte den Krebs in mich hineinkriechen, wie Nebel oder Grünspan, und ich bin nicht der Typ für lange Krankenlager.

Ich kann es kaum bis zum Morgen aushalten. Ich wäre schon längst aufgestanden, aber ich habe das Gefühl, daß in der Nacht Geister die Räume beherrschen. Wenn ich dieses Zimmer verließe, könnten sie auch hier reinkommen. Glücklicherweise scheuen sie vor mir zurück, vor meiner Sterblichkeit. Vielleicht haben sie Angst vor mir, vor meinen Schmähungen.

Dann bot mir der erfreute Bonze die Information, daß eine Dame gemischter ethnischer Herkunft, die er in Miami kennengelernt hatte, ihm gesagt hatte, daß es nicht größer als eine Perle sei. Sie waren unten am Pool. »Aber«, sagte ich lässig, »eine Perle ist eine Perle ist eine Perle.« Er wurde wild, nannte mich dumme Ziege, blöde Kuh, Arschloch, Schwanzlutscherin, aufgetakelte Fregatte. Ich floh und fand mich sicher in einem Taxi verborgen. Ich war so verwirrt, daß mich der Taxifahrer, ein Mexikaner namens José, einlud, vorne zu sitzen. Warum nicht. Ich beugte und streckte meine Waden, damit ich bei der Parade am folgenden Tag meine Sache gut machen würde. Ich sollte die Hauptstraße entlangfahren und Kleeblätter verteilen, ein bißchen steppen, sie verführen und mit Geschwätz von Kiltartan schwindelig machen. Ich saß neben ihm. Es war reiner Anfängerkram. Ich dachte, es sei ein guter Witz, hier neben ihm zu sitzen, den Kopf an seine Schulter gelehnt, während er auf alt-mexikanisch keuchte und der Wagen über die Straßen schlitterte. Sein Vor- und Zuname, sein Führerschein und ein Paßbild starrten uns an, seine Latte war so lang wie Lug der Langarmige, ockerfarben und erinnerte mich an Pilze auf einer Waldlichtung, die unmenschliche, gigantische Ausmaße annahmen. Er hätte damit den Wagen steuern können, was er eine Zeitlang auch tat. Er vernachlässigte seine Pflichten als Fahrer. Die Leute glotzten hinein, schwangen drohend die Fäuste und Schirmstöcke, vielleicht waren es auch

Sonnenschirme, die sie schwangen. Rachsüchtige Leute. Alle sahen benachteiligt aus, besonders die Leute, die in den Geschäften bedienten. »Ach, Quatsch«, sagte er zu ihnen. Es war immer »Ach, Quatsch« oder mehr, mehr, »más«. Er wurde immer größer. Ich sagte, wir gingen wohl besser in seine Wohnung. Ich war beschwipst und ein paar tausend Meilen von der Cooser Gerichtsbarkeit entfernt. Er sagte Baby, Baby, Baby. Er sagte, es würde *cinco minutos* dauern. Das verblüffte mich. Er dampfte. Zimmer, Zimmer, Zimmer, sagte er, als er in eine Seitenstraße fuhr. Ich stellte mir eine Bude vor, das Eintragen in das Buch, ein Schlüssel, vielleicht zwei, eine Treppe, Schäbigkeit, eine hohe Rechnung und die anschließende Auseinandersetzung. Der Leiter der Tourismusbehörde gab mir nicht gerade ein verschwenderisches Spesenkonto, und mein eigenes Hotel war eine Kaschemme mit leeren Waschpulverkartons auf der Fensterbank und den angekauten Socken der früheren Bewohner. So schlug ich mich mit ihm an Ort und Stelle herum und benutzte seine Sirdar-Kappe als poröses Auffangbecken. Ich stieß ein paar zärtliche Worte hervor, als mit einem animalischen Sprung ein prächtiger Schwall aus ihm spritzte, woraufhin ich aus dem Taxi sprang und zu dem Fotoatelier rannte, in dem ich erwartet wurde. Das letzte, was ich von ihm hörte, war: »*Así no*, nicht gut.« Wenn das keine Übertreibung war. Ich hatte Glück, daß ich nicht verhaftet wurde. Unnötig zu erwähnen, daß ich abgerissen und schäbig aussah.

In letzter Zeit habe ich öfter gedacht, daß ich, wenn ich einige dieser Ergüsse aufbewahrt und in ein kleines Reagenzglas gefüllt hätte, anstatt sie so zu verschleudern, nun ein bißchen experimentieren und mit den Geheimnissen der Botanik spielen könnte. Man weiß nicht, was daraus entstanden wäre: eine Pflanze, Befruchtung, ein halbes Wesen, eine beinahe lebende Kreatur an der Grenze zwischen Tier und Pflanze, ohne Füße, die sich mittels ihrer Flimmerhärchen bewegt hätte. Immer in Bewegung, am Tag, in der Dämmerung, in der Dunkelheit mit der Leuchtkraft eines Glühwürmchens oder des Ozeans. Ein kleines wanderndes Wimperntierchen. Ich hätte ihm einen Namen gegeben, mir Namen ausgedacht, wie es freudige Eltern tun und dabei in Büchern nachschlagen. Ich habe all das aufgegeben, das häusliche Glück verächtlich zurückgewiesen. Und doch möchte ich es nicht anders haben. Die Freudentaumel wiegen alles auf, sogar die Niedergeschlagenheit. Wie eine Nebelwand oder vorbeischwebende Rosen, wunderbare Farben, die plötzlich in mir auftauchen, die sich wie Lastkähne fortbewegen, hübsch, rosa mit einer Verkleidung. Tausend und abertausende von Sonnenuntergängen.

Dann sind da noch die Gesichter, einige habe ich kennengelernt, andere nicht. Helden, wenn man will, Genies, mehr Mäuler, als man in Babel stopfen könnte, von Osten nach Westen, eine Flut, das Strandgut des Lebens, dann das Tanzen, das frühreife Tanzen, die glänzenden Leiber. Leute, die sich nur leicht berührten, wie die Fichten im Mondlicht den Himmel zu berühren scheinen.

Es muß entweder einen Vor- oder einen Nachgeschmack gegeben haben oder etwas anderes, was mir geschickt wurde, damit ich weitermache. Oh süße, beunruhigende Totenbahre, oh süßer Schwindel.

Ich bin nicht immer so ruhig. Erdrückt, oft bringt mich ein Schrei an den Rand des Erstickens. Die Freuden werden zu Schaudern, zu einem Sturm, einem fürchterlichen Sturm. Aber ich muß durch ihn hindurchgehen, um die

Zufriedenheit darin zu finden, damit ich den wahren Glanz finde, um durch das Feuer geführt zu werden.

Bald werde ich mich an das Töten gewöhnt haben. An Mordopfern nenne ich nur zwei – Boß und Lil, nicht aber den Jungen. Eher hat er die Klinge bei mir angesetzt. Der wunderschöne kleine Schuft. Amputieren, das kann er.

Ich habe den Kampf erst vor kurzem aufgenommen, die Waffen waren lächerlich, warme menschliche Fleischlappen, in Streifen geschnitten, überfließend von Blut wie Pasteten. Wir gingen kräftig aufeinander los, die gegnerische Seite und wir, prügelten uns mit gleich starken Waffen und bewegten uns auf den Ebenen hin und her, auf den unendlichen Ebenen. Keine Kavallerie, keine Infanterie, so weit ich das sehen konnte. Ich hatte keinen Bammel. Dann erschien Gott, teilte auf seine gebieterische Art den Himmel, ein Prachtkerl mit heiserer Stimme, natürlich in Weiß gekleidet mit weißem Hohlsaum, befahl allen miteinander, mit diesen Überlegungen und irdischen Fehden aufzuhören, sich an die heilige Schrift zu erinnern, zu Gebet und Ackerbau zurückzukehren. Wenn ich das den Leuten erzähle, lachen sie. Aber ich lache auch über ihre Wellensittiche.

Gestern aß ich Wachteleier. Ich kaufte sechs Stück, aber hatte schließlich nur noch fünf. Sie haben ein ganz besonderes Dotter, fast rosa, sehr fein schmeckend.

»Sechs Wachteleier«, sagte ich, die erste in der Schlange.

»Hah, zwei Heringe bitte«, sagte die Frau hinter mir und nannte mich dann eine bezaubernde Mieze. Der Mann, der mich bediente, war wütend. Er gab vor, sie nicht zu hören. Er legte die Wachteleier in einen Karton aus Pappmaché, aber sie waren zu klein für die Ausbuchtung und wackelten hin und her. Er sagte, daß sie zerbrechen könnten. Er ging weg, um etwas zu holen. Ich rechnete mit Häcksel, aber es waren Hobelspäne. Ein Echo des Waldes.

»Gehen Sie zu einer Beerdigung?« fragte sie ihn und stach mit ihrem Stock in die Waren, wobei sie die Qualität des Rochens kommentierte.

»Ausschußware«, sagte sie, »gefrorene Ausschußware.« Er erwiderte, daß sie keinen Grund hätte, eingebildet zu sein, und ich dachte, sie würde einen von uns schlagen.

Später im Pub, in dem ich ein Glas Wein oder vielleicht auch zwei trinken wollte, war nicht viel los. Eine Frau sprach mit einem Mann, sie klang sehr selbstzufrieden. Sprach von ihrem guten Geschmack, ausgezeichnetem Geschmack und daß ihre drei besten Stühle, ihre Chippendales, wunderschön im Haus verteilt seien. Einer in der Diele, einer im Schlafzimmer, einer im Wohnzimmer. Ich entschied, daß der Zuhörer ihr gesetzlicher Ehemann und daß dies ihr einziger Gesprächsstoff war. Er sah geistesabwesend aus, seine Augen glichen Schneeflocken. Plötzlich sagte sie, daß sie mit einer Person wie mir nicht in einer Bar sitzen würde. Ich war ein bißchen auffällig. Ich male mir oft die Wangen an, um mich und andere ein wenig zu erschrecken. Zu einer anderen Zeit hätte ich in meinem braunen Krimmermantel ganz normal aussehen können, ohne das Kastenzeichen auf der Stirn. Da waren wir nun also, zwei Frauen, die sich nicht von der Stelle rührten. Wie zwei alte Ochsen auf dem Markt. Ihr Mann versuchte, sie zu beruhigen, sie zu besänftigen, und zu guter Letzt band sie sich ein Tuch vor das Gesicht, das sie an der

Krempe ihre Flanellhutes befestigte. Jedesmal, wenn sie einen Schluck trank, kam ein Stück von dem Taschentuch in ihren Mund. Nachdem ihr die Augen verbunden waren, zwinkerte er mir zu, als wollte er mir mitteilen, was für eine Xanthippe sie sei. Er war auch nicht gerade ein Casanova. Dann kam zufällig die Frau aus dem Fischgeschäft herein, und ich dachte, daß nun garantiert ein Angriff folgen würde. Ich machte ihr Platz. Sie bestellte Stachelbeerwein und sagte, daß wir uns merken sollten, daß sie alleine in ihrem 120 x 180 cm großen Bett schlafe, und ihr Mann alleine in seinem 120 x 180 cm großen Bett, und daß keiner von beiden das bedauere. Er stand um zwei Uhr früh auf, um den Hund rauszulassen, aber er müsse sowieso aufstehen, weil er es an den Nieren habe. »Schön«, sagte sie und spielte auf meinen Wein an. Ich zeigte ihr die wunderschönen gesprenkelten Eier. Sie hielt eines an ihr Ohr, und nach ein wenig gutem Zureden schlug sie es in ihren Sherry. Sie besaß ein so gutes, ehrliches Herz, als sie die Schalenstücke in ihrer Hand untersuchte, strahlte sie wie ein Honigkuchenpferd und sagte: »Ich bin derb, aber manchmal träume ich.«

Und doch schrumpft der Kreis immer mehr zusammen. Man muß zugeben, daß alles weniger wird. Die Händedrucke werden immer schlaffer, Geburtstage werden vergessen oder ignoriert, Menschen sterben, wandern nach Australien aus, werden verrückt oder verstecken sich für den Rest ihres Lebens. Madge ist so ein Fall. Zwischen uns ist eine große Mauer aus Wundbrand entstanden. Wir können nicht vergeben. Oder, besser gesagt, wir können nicht verstehen, welche Boshaftigkeit uns ergriffen hatte. Ich werde sie wahrscheinlich bis zu ihrer Beerdigung nicht wiedersehen. Sie könnte mich sogar überleben, ihre Mutter wurde stolze vierundneunzig. Wir teilten uns früher einmal eine Wohnung, versahen Kuchen mit Zuckerguß und krempelten Wolle. Sie hat mir diesen Job besorgt, mir die Anzeige geschickt, mich darauf aufmerksam gemacht.

»Hurensohn«, sagte sie, als sie mit dem Nerz über der Schulter herunterkam. Ich war mitten in der Nacht gekommen, bei einer dieser Gelegenheiten, wenn ich das Kribbeln in mir spüre und dachte, daß es nicht dabei bleiben würde. Daß Lil mit einer frommen Gemeinschaft anrücken könnte, ihren Schwestern in Christus. Madge war begeistert. Ich ging direkt zum Feuer und schürte es. Sie gab mir den Blasebalg. Ich hatte gute Lust, mich für immer hier niederzulassen. Danach sehnte ich mich, mit jemandem zusammen zu sein, diesem Ort hier Adieu zu sagen, abendliche Treffen und Gespräche. Sie holte kalten Schweinebraten und Apfelmus. Draußen fiel Schnee, ein Schneesturm. In dieser Nacht fiel eine Rekordmenge an Schnee, eine Nacht für die Annalen, in der die Landstreicher in den Straßengräben gekauert haben müssen wie die Hühner, wenn es regnet oder sie sich fürchten. Durch das große Fenster konnten wir den Schnee wirbeln und fallen sehen. Es war so, als würde die Nacht in einen riesigen Leichnam verwandelt, bei dem wir Totenwache halten sollten. Wir waren froh über unsere Gläschen.

»Ich sag dir was«, sagte sie, »du willst nicht leben, aber du mußt, stimmt's?«

Sie wußte, daß ich mit einer traurigen Geschichte gekommen war, einer Muschelsammlung, und sie hielt den Finger an die Lippen und sagte: »Du wolltest über etwas reden, tu mir einen Gefallen und laß es bleiben.« Sie sagte, daß die Zeiten sich am Gefrierpunkt befänden und trotzdem Spaß machten, richtig Spaß. Sie zerteilte das Fleisch, und während sie schnitt, stibitzte ich die besten Stücke der Kruste. Ihr Mann Buzz war ihr in den siebzehn Jahren vor ihrer Scheidung kein richtiger Mann gewesen. Sie hatte alles getan, um die Ehe zusammenzuhalten. Sie hielt den Garten in Schuß, kaufte einen Dampfkochtopf, lernte Cocktails zuzubereiten, Poker zu spielen und ein hübsches Mädchen zu sein. Sie zog hinter einem Tablett einen Brief von ihm hervor. Darin stand, wie schlecht er sie behandelt hatte, wie das Leben an ihnen vorbeigegangen sei und daß sich seine neue Freundin den Zeh gestoßen habe. Der Wein stammte aus Italien und schmeckte nach Harz. Ich dachte an die Sonne und Ferien, Steingesichter und die kleinen Buchten, Palmwedel, Luftmatratzen, die aufgeblasen wurden, Kinder und Hunde, die ins Wasser sprangen und planschten. Liebespaare, die dasselbe Essen bestellten, vielleicht Paella, damit sie denselben Mundgeruch hatten, wenn sie zur Siesta nach oben gingen. Ich mußte es mir nicht großartig vorstellen. »Weißt du, was ich hasse?« fragte ich, ohne nachzudenken.

»Wen, was?« fragte sie flüsternd.

»Liebespaare«, antwortete ich.

»Interessant«, sagte sie.

Sie schlug voller Schadenfreude mit der Faust gegen die Anrichte. Das Geschirr begann zu wackeln. Es war eine niedrige walisische Anrichte, die Tassen hingen an Haken und schaukelten noch still, lange nachdem das Holz sich beruhigt hatte. Draußen auf dem Feld wurde eine Stute von einem Hengst bestiegen, der so schwarz war wie Futterstoff.

»Schau, die vögeln«, sagte Madge. Seine Hufe umschlangen ihre Mitte, und seine Mähne erhob sich in die Luft. Wir warteten, aber plötzlich sträubte sich die Stute, und der Hengst rutschte ab und fiel.

»Jesus Christus«, sagte sie, weil sie dachte, daß er sich ein Bein gebrochen habe. Sie erwähnte die Verluste des Jahres, die lächerlich waren und für die sie dem Kuhhüter Bluett die Schuld gab. Er hatte sie einmal gefunden, als sie eine Überdosis geschluckt hatte, und ihr den Magen mit der Pumpe ausgepumpt, die er für die Tiere benutzte. Nach einem kurzen Galopp trieb der Hengst die Stute wieder in die Enge. Wir klatschten. Sie stand still, als wäre sie aus Stein, und wirkte widerwillig.

»Ja, Buzz, mein Alter, hat mich verprügelt«, sagte Madge und warf den Brief ins Feuer. Sie beschimpfte den Schöpfer, daß alle ihre Gefährten glücklose Verlierer seien. Draußen war es sehr trist, die Nacht, das kahle Feld, die rabenschwarzen Flanken, die sich in die Luft erhoben. Die braune Stute, so unterworfen.

»Impotenter Mistkerl«, sagte sie. Der Hengst war wieder abgerutscht. Sie sagte, daß Buzz noch nicht einmal bei den beiden Fehlgeburten da gewesen wäre, sondern nach dem Krieg in Europa aufgeräumt und sich dort mit den deutschen Wauwaus, den Berghündchen, angefreundet hätte. Sie lachte und höhnte, sagte, daß alle eine schmutzige Phantasie entwickelten, wenn sie erst einmal den ganzen Mist hinter sich gelassen hätten. Es schneite immer mehr, und mir brannte sich alles ein. Ihre Stimme in meinem Kopf, die Stute und der Hengst, die nichts zum Grasen und Kauen hatten und nicht zusammen bleiben konnten. Als sie das Fenster öffnete, hörte man ein matschiges Geräusch, als der Hengst mühsam im

Uhrzeigersinn durch den sumpfigen Schnee im Kreis lief.

»Ich verrate dir ein Geheimnis«, sagte sie zwinkernd. »In der Hochzeitsnacht mußte ich mir zwei Schleifen ins Haar binden und Cancan tanzen. Er bewarf mich mit Sachen und sagte: ›Komm von diesem blöden Ankleidetisch herunter.‹ Der Hurensohn hatte mich doch erst da hinaufgeschickt.«

»Ich verrate dir noch ein Geheimnis«, sagte sie, als sie eine weitere Flasche Wein öffnete. Der Korken zerkrümelte, und sie mußte ihn in die Flasche drücken. Sie murmelte: »Junge, Junge, dieser hier wird ganz samtig sein.« Es war ein griechischer Wein, der noch stärker war als der andere. Sie war ein kleines Mädchen und hatte noch keine Periode gehabt, als sie ihre Mutter einmal zu einem großen Geschäft begleiten sollte, wo diese mit ein paar Damen zum Mittagessen verabredet war. Sie bekam Krämpfe, dann Durchfall und mußte das Mittagessen ablehnen und war den Tränen nahe. Aber als sie im Bus nach Hause fuhr, die Straßenlaternen waren bereits an, sah sie einen Mann im Overall, der sie anblickte und direkt in sie hineinsah. Damals hatte sie ihre erste sexuelle Erfahrung, ein Beben der Gebärmutter, das sie in Wackelpudding verwandelte, ihr allererster, großer Einblick.

»Mir geht es gut«, sagte sie, »ganz ausgezeichnet.« Aber ihr Gesicht war gerötet.

»Weißt du, was ich gemacht habe?« fragte sie.

»Als er sich mit dieser Nutte Jody eingelassen hat, bin ich mit Bluett, der für vier essen kann, zu dem Hotel gegangen, in dem sie ihr dreckiges Wochenende verbrachten. Wir bestellten uns den besten Champagner, den besten Beluga-Kaviar und das beste Wild, das sie hatten. Als die

Rechnung kam, unterschrieb ich mit seinem Namen und seiner Zimmernummer und schickte ihm eine Nachricht auf einer Papierserviette. ›Tolles Mittagessen, Liebling‹, und dann ging ich.«

Ich schüttelte den Kopf, sie schüttelte ihren, langsam, vorwurfsvoll.

»Man will nicht leben, aber man muß leben«, sagte sie und goß schwungvoll Wein ein. In diesem Augenblick sprangen wir hoch. Der Hengst war wieder auf der Stute, klebte an ihr, und obwohl es unmöglich ist, glaubten wir, den Samen fließen zu hören.

»Und was machen wir nun, mein Engel«, fragte sie mich und umarmte mich. Der Abschaum, wir beide. Mutterlos, kinderlos, ohne Freunde, ohne Geister. Das Licht war grell, beleuchtete unsere rauhen, schuppigen Köpfe. Die Dämmerung war heller als eine normale Dämmerung, heller als diese Dämmerung jetzt, wenn all unsere Hoffnungen ausgenommen werden. Wir standen dort und blickten völlig gebannt hinaus, umarmten uns halb betrunken. Ich bemerkte ihre mißliche Lage, konnte sie berühren. Es war wie eine Öffnung in ihrer Brust, eine Wunde, die zu betrachten sie mich anflehte. Sie wollte, daß ich die Gitter ihrer Rippen beiseite zog und in ihr tiefstes, schrecklichstes Wesen eindrang. Ich konnte es nicht. Es war zu bedrückend, so klaffend scheußlich für jeden außer für sie selbst. Ich zog mich zurück, aber sie brauste nicht direkt auf, wie sonst. Vielleicht ist es das, was uns am Ende so robust macht. Diese Vereinigung des Selbst mit dem gescheiterten Selbst. Alleine wie eine leere Hülse.

Sie lief los, um Brot zu holen, das sie draußen auf die Fensterbank legte. Die Vögel kamen aus ihren Verstecken heraus, und die Möwen kamen aus ihren kreidigen Sitzen über dem Meer. Aber man hörte kein Krächzen und kein Zwitschern. Der Schnee erstickte alles, und die Zeit schien zu tropfen, ticktack, ticktack. Als das Brot festfror, nahm sie es auf, hielt es unter warmes Wasser und knetete es wie Teig. Es war lustig anzusehen, wie das dampfende Brot zwischen ihren Fingern hervorquoll und ihren, wie sie ihn nannte, beschissenen Verlobungsring verschmierte. Wieder auf Zehenspitzen nach draußen und dann zurück. Die Vögel waren wieder zusammengekommen. Ein Rotkehlchen hatte eine unverschämte Brust, so leuchtend, wie eine klaffende Wunde, da alles andere, die Lorbeersträucher, der Rhododendron, die Zäune, die Pfosten und die zahlreichen Bäume in Schnee gehüllt waren. Sie schaute versunken zu.

»Du hättest ihn nicht für das Essen blechen lassen sollen«, sagte ich.

»Oh doch«, sagte sie; ich betrachtete sie und sah, daß ihre Gutmütigkeit verschwunden war.

»Ich meine«, sagte ich in einem Beschwichtigungsversuch, »der ganze Kaviar.«

»Du Miststück, du kommst hierher, um dich auszuheulen, dein großer, dicker Mund, laß mich bloß in Ruhe. An wessen Schulter hast du dich ausgeweint? Wer hat mit deinem Kind Scrabble gespielt, als du mit einem schwarzen Onkel Tom gevögelt und gebumst hast? Wer war denn die arme Jungfer zart, und wir alle durften dir den Hintern abwischen? Das reicht ja wohl, du bist ohne Einladung hier aufgekreuzt, und nun verschwinde, und das ist erst der Anfang ...« Sie warf das Glas, aus dem sie getrunken hatte, nach mir, und es fiel mir vor die Füße. Ich schaute auf meine Zehen und fragte mich, wie ich hier rauskommen sollte und ob ich auf dem Weg zum Dorf wilden Hunden begegnen würde. Sie ging zur Anrichte, hakte drei Tassen los und zerschmiß sie auf den Fliesen. An ihren Fingern blieben zwei kleine weiße Henkel hängen, wie Ringe.

»Du Ratte. Das machst du nicht«, sagte sie, als ich die Vermittlung anrief, um ein Taxi zu bestellen. Sie riß mir den Hörer aus der Hand und drückte ihn so fest, als wolle sie das Mark aus einem Knochen pressen. Plötzlich schlug sie mich, boxte, nannte mich Miststück, schimpfte über Gott, alle Mistkerle und Buzz. Es dauerte nur eine Minute. Dann ließ sie die Hände an die Seiten fallen und sagte ganz töricht, daß sie in der letzten Zeit nicht gut geschlafen hätte, weil der Raucherhusten sie wachhielte. Ich blieb, aber nur um den Schein zu wahren. Plötzlich waren wir vollkommen nüchtern, nüchtern und beschämt. Ich lag auf dem Sofa. Sie kam in regelmäßigen Abständen herein und warf mir eine Decke, ein Päckchen Zigaretten oder Streichhölzer zu und sagte »fang«.

Sie machte Toast zum Frühstück und schnitt ihn in kleine Stückchen, wie Croutons. Sie tat alles, um es wiedergutzumachen, genau wie ich. Aber wir sprachen gestelzt und schauten uns nicht in die Augen. Ich erwähnte meine Beule nicht. Wir hatten Angst, daß ich eingeschneit werden könnte, und als der Wagen hupte, stießen wir einen Schrei der Erleichterung aus, als ob eine echte Versöhnung stattgefunden hätte.

»Ich bringe dich nach draußen«, sagte sie und nahm meinen Arm, den sie aber nicht drückte. Wir sprachen nicht ein einziges versöhnliches Wort. Sie sagte, daß sie Salz streuen und einen Fußweg freischaufeln würde, falls der Briefträger käme. Über unserem Abschied schwebten aus irgendeinem Grund die Geister unserer früheren

Abschiede, und unser Winken war vollkommen gekünstelt.

Es kommt, wie es kommt.

Ein weiterer Brief von dem Jungen. Allein seinen Namen zu lesen oder auszusprechen, erfüllt mich mit Freude. Sie durchzieht mich wie eine Woge oder kleine Wellen. Dann sehne ich mich nach Stränden und den großen Brechern, unter die ich mich ducken kann, um dann für die nächste Welle wieder nach oben zu kommen. Ich weiß, daß das Wasser wieder mein Element werden wird. Im verdammten Coose, auf jenem Friedhof am kabbeligen See.

Er schreibt:

Ich habe einen Tanz gesehen, liebe Mama! Etwas ganz anderes. Eine Reihe festlich gekleideter Männer auf dem Proszenium. Eine leere Bühne ohne Requisiten. Trommeln und Saiteninstrumente. Schwarze Togen und hohe graue Hüte, um Grabsteine darzustellen. Ein feierlicher Kuß, dann wurden die Togen abgelegt, um die weißen Kleider zu enthüllen. Kein reines Weiß, eher ein Wollweiß, aus Flanell. Sie tanzten im Kreis, die Arme ausgestreckt, und hielten die Augen gesenkt, Wirbel um Wirbel. Man konnte eine Stecknadel fallen hören. Nur die Musik und das Knarren der Schuhe. Drehung um Drehung. Sie berührten sich nicht, sie stießen niemals zusammen, ein jeder von ihnen war von den anderen unabhängig, und doch tanzten sie miteinander, als eine Einheit, ein Ganzes. Sehr besänftigend und gleichzeitig aufregend. Ich komme bald nach Hause.

Die Dämmerung kommt heran wie die Tauben, und das Herz zerspringt vor Verlangen.

Oh, mein eigenes Land. Ein Leben lang war ich davon entfernt, und doch ist es mir nahe, jetzt und in Ewigkeit. Gibt es eine Ewigkeit – das muß es wohl, da wir solche Vorahnungen davon haben. Ist sie es nicht, die uns nachts verfolgt? Die Ewigkeit und der Schwarze Mann und die kürzlich Verstorbenen. Oh, Land der Eibenbäume und Furten, der kräftigen Ruten, werde alt, trage dein Alter und deinen imposanten Buckel, die Lumpen, die an dir wie Umhänge hängen, mit Würde, die Mäntel des Wissens und der Weisheit. Junge Männer werden versuchen, dich zu verkuppeln, du wirst von Zuhältern und Söldnern umworben werden. Laß dich nicht kurz vor zwölf verschachern, verkaufe nicht deine alte Seele.

Ich kehrte Weihnachten nach Coose zurück. Ich dachte daran. Es war stockfinster, als ich aus dem Bus stieg, aber ich hatte schnell wieder ein Gefühl für diesen Ort gefunden. Für die Haspe, die Steine, als ob sich die Steine nicht von der Stelle gerührt hätten, oder den Weg selbst, der nur noch stärker von Wasser durchdrungen war. Es gab keine Kuhfladen, keine Kühe. Er hatte mit der Landwirtschaft aufgehört und lebte von seiner Rente. Es ging ihm mies. Da erinnerte ich mich an die verschiedenen Herden und ihre große weiche Scheiße, und die Fliegen über ihnen, ihre Promiskuität, ihre alten braunen Hörner, die sich aneinander rieben, ihr Kopfstoßen, ihr Brüllen, ihre Kuhfladen, die eine Kruste bekamen und trockneten, die Fliegen, die überall schwärmten. Der ungebrochene Zauber der Sommerabende. Die Bäume und Hügel wurden einer nach dem anderen vertraut. Ich hatte eine Rede vorbereitet. Ich würde sagen: »Es tut mir leid, daß ich nicht geschrieben habe, daß ich dich vernachlässigt habe und vernachlässige.« Das wollte ich in dem Moment sagen, wenn er die Tür aufmachte, wenn ich in das Vestibül trat, während ich mir noch die Schuhe an der Matte abtrat oder, falls es keine Matte gäbe, an den dunkelroten Fliesen. Darum ging ich hin, um ein bißchen Anteilnahme zu zeigen, meinen Frieden zu schließen. Ich übte diese Worte im Bus, bevor ich überhaupt da war, als ich die Haspe des Tores öffnete, als ich über die Kiesauffahrt ging und dann, ganz besonders, als ich das Gras in der Nähe des Hauses erreichte. Die Luft war süß und alles rundherum still. Mein Herz klopfte, als stünde ich vor einem Examen. Ich hörte, wie die Hunde losbellten. Sie bellten nicht richtig, sie übten es eher, wie ein Sänger es bei einer Party tut, wenn ein anderer den Deckel des Klaviers anhebt. Sie kamen zähnefletschend auf mich zu, aber sobald sie mich erkannt hatten, schlug ihre Feindseligkeit in Scharwenzeln um, in Lecken und Schwanzwedeln. Ich konnte sie deutlich erkennen, da sich meine Augen an die Dunkelheit gewöhnt hatten. Ich sprach mit ihnen. Ich sagte ihre Namen und sagte ihnen, wie gut sie für ihr Alter aussahen. Einer hatte an seinem Bauch eine Wucherung, die groß und knollig wie ein Schwimmerhahn war und auf schmerzhafte Weise lustig aussah. Ich sagte den Hunden, daß ich zu Weihnachten nach Hause gekommen sei und daß ich das Fleisch so zart kochen würde, daß er es mit einem Löffel essen könnte, es auflöffeln. Daß ich Stechpalmenzweige am Kamin befestigen würde und Tücher in die Türritzen stecken, um die Zugluft abzuhalten. Und daß ich ab und zu in der

Vorratskammer einen kleinen Schluck trinken würde, um den Geist zu stärken. Ich sah Boß schon vor mir, wie auf einem Bild, wie er vor dem Feuer saß und Bilder in den Flammen entdeckte. Bilder, Menschenfresser, Tiere von vorne und von der Seite, vielleicht sogar die Toten. Boß, der seinen Kopf kratzte, so daß die Schuppen herabfielen und sich auf seinen Schultern verteilten. (Würde er bereits in eine Decke oder einen Schal gehüllt sein? War er schon so sehr verfallen?) Und ich sah das zu weiche Sofa vor mir und die getigerten Katzen, die versuchten, die Zeiger der Uhr vorzustellen, damit ihre Essenszeit schneller kam. Und ich sah zwei Gegenstände aus Bambus, eine weise alte Eule und eine zum Bersten vollgestopfte Etagere.

Das erste, was er sagte, als er die Tür öffnete, war, was das für eine Zeit zum Ankommen wäre, mitten in der Nacht, und was er für einen Schreck bekommen hätte, und wie lange ich bleiben würde. Ich hielt ihm widerwillig die Wange hin, die er umständlich küßte. Er spürte mein Zurückweichen und fragte, was los sei. Ich sagte, es sei alles in Ordnung. Ich sagte, das Leben sei großartig, und lief zum Feuer, wie jemand, der sich darauf freut. Ein Akazientrieb hatte sich auf einem Holzscheit verwurzelt, so daß ein ungewohnter Geruch den Raum erfüllte, wie blubbernde Essenzen in einem Tempel. Er hatte die Bäume in der Nähe des Hauses gefällt, einige Eschen und ein paar Zierbäume. Er machte den Mann mit der elektrischen Säge dafür verantwortlich, der nicht mit in den Wald hatte kommen wollen. Er sagte, man könne keine Handwerker mehr bekommen, nicht für Geld und gute Worte. Ich fragte, wie es ihm ginge. Er erzählte, daß ein Pferd erschossen werden mußte, das auf den Pflastersteinen ausgerutscht war und sich ein Bein gebrochen hatte. Ich wußte, daß ich am St. Stefanstag wieder fort sein würde, dem Tag des Junggesellen, des Zaunkönigs. Ich hätte nicht kommen sollen. Ich war mürrisch, er war mürrisch. Ich gab ihm sein Geschenk, Geld, aber wir machten keine Feier daraus. Er gab nicht einmal vor, es abzulehnen, wie er es in der Vergangenheit getan hätte. Er sagte, daß er es für einen Speicherofen im Flur verwenden könnte. Ich sagte, daß Flure verteufelt schwer zu heizen sind. Er machte uns Tee. Wir sprachen über Ernten, die Ernten anderer Leute. Die künstlichen Teerosen waren immer noch da, von dikken Staubschichten bedeckt, als wären sie in geschmolzenen Staub getaucht worden und damit anstelle von goldener oder silberner Farbe bezogen. Ich fragte ihn, in welchem der vier Schlafzimmer ich schlafen könnte, und er antwortete: »Such dir eins aus.« Er hatte sich angewöhnt, ganz laut zu sprechen. Er schüttete Wasser auf das Feuer, um es zu löschen, und sagte: »Ich wußte, du würdest mich nicht vergessen«, und gab mir einen kleinen Knuff. Er besaß die Haltung, den starren Blick, den wilden Ärger all der Männer, die ich geliebt hatte, von denen ich mich entliebt hatte und vor denen ich geflohen war.

»Ich bin hier«, sagte ich. Aber das änderte nichts. Derselbe Mond, derselbe zugige Flur, und absolut kein Bedauern.

Am nächsten Morgen riß ich Leinwand entzwei und legte die Streifen auf das Rhabarberbeet, legte sie um die kleinen Sprößlinge herum, um sie vor der Kälte zu schützen. Umsonst. Ich wußte genau, daß er nie wieder Rhabarberkompott oder Rhabarberkuchen essen würde. Er lebte nun von gekauftem Brot und hatte genau wie ich zu Dosenmahlzeiten und Instantgerichten gewechselt. Er schlug einen Besuch vor. Wir heiterten uns damit auf. Wir beschlossen, einen Vetter zu besuchen, der gerade einen Trauerfall gehabt hatte, und von ihm Tee zu schnorren. Seine Schwester Ita war gestorben. Es war ein kurzer Waffenstillstand, wir scherzten und planten unseren Ausflug. Dann reichte er mir das Geschirrtuch, es war nicht eingepackt. Als ich es auf der Hecke ausbreitete, las ich das rot geschriebene Gebet vor. Wir lachten sogar.

Der Taxifahrer war vollkommen unberechenbar, fuhr auf der geraden Straße im Schneckentempo und beschleunigte, wenn wir auf eine Kurve zukamen. Ich hatte eine Flasche Portwein gekauft und wußte noch nicht, daß ich, noch ehe ein Monat vergangen wäre, hier ein Stadthaus des Herzogs besuchen würde, wo der Wein immer dekantiert wurde. Die Hagebutten und Mehlbeeren hingen noch an den Büschen, und es war äußerst mild. Sein Vetter Marty wußte nicht, was er sagen sollte, als wir ihm unser Beileid aussprachen, blieb er stumm. Wir standen im hinteren Garten und spiegelten uns in den Pfützen. »Ihr könnt wohl genauso gut auch reinkommen, glaube ich«, und wir folgten ihm in die Küche, in der eine Angel mit verhedderter Schnur mitten auf dem Boden lag. Alle Lebensmittel lagen auf dem Tisch neben einem Primuskocher. Auch das Herz eines Hechtes, ein kleines, feuchtes, zerbrechliches Herz. Der Hecht selbst lag in einer Bratpfanne, von Schweinefett bedeckt. Ich bot Marty meine Hilfe an. Das Salz ließ sich nicht richtig streuen, so feucht war es hier. Er zeigte auf eine Sicherheitsnadel, die er zu diesem Zweck benutzte. Der spitze Teil war zurückgebogen und mit Salz bedeckt. Ich betrachtete den Hecht, seine schmalen Augen, seine kleine Zunge, die Zähne, so spitz wie Dornen, und deckte ihn dann mit einem Topfdeckel zu. Alles, was meinen Blick in den Bann zieht, hat die Gewohnheit, zurückzukehren und mich unvorbereitet zu treffen. Ich sehe sogar Oberlippen mit Schnurrbärten und Frauen mit Herrenfrisuren. Natürlich greife ich ein und sage ihnen: »Fort, fort mit euch Gesindel.« Dann sehe ich gnädigerweise etwas hübsches, Moos oder Pflanzen, weite Ausdehnungen von unangemessenem Blau, die das Meer sein könnten oder vielleicht Berge. Alles vermischt sich, alles einzeln, Flottillen am Himmel. Sein Trenchcoat und seine Überschuhe rochen nach Regen und Regenwasser. Er besaß ein gesticktes Motto, von seinen Vorfahren geerbt. *Spe vivemus.* Die graue Pelzpelerine seiner Schwester lag auf dem Boden, darin lagen kleine Welpen. Sechs Stück. Er sagte, daß er sie gerade ertränken wollte, als wir gekommen waren und seine Zeit beansprucht hätten. Ich mußte im Schrank nach Gläsern suchen. Dort hingen seine Flanellhosen. Es sah lustig aus, weil sie nicht gefaltet waren, sondern die Beine herabhingen, wahrscheinlich von einem seiner kurzen Aufenthalte in einem Vergnügungslokal. Er war der Inbegriff der Schroffheit. Er sagte: »Ich nehme an, du verdienst Geld, Mary«, und hielt die linke Hand halb zur Faust geballt. Er hatte Ausschlag bekommen, als wir ankamen, der sich nun über seine Hand hinzog wie eine Landkarte oder wie Farbe. Ich schenkte Wein in die Gläser und sagte, wie elegant sie wären. Getönte Gläser mit hohen Stielen. Er sagte, sie hätten ihr gehört, Ita. Sie muß sie wohl gekauft haben, als sie mit einem Bauern verlobt war, der sie später sitzenließ. Ich dachte, was für ein entsetzliches Leben, bis zu ihrem Tod ereignislos. Er verteilte den Hecht. Ich fragte ihn, ob er zum Tanzen ginge? Er sagte: »Nein, nein, keine Zerstreuungen.« Schenkte Gott ihm feuchte Träume? Wir saßen vor der geöffneten Tür und blickten auf einen Bach, ein munteres

Bächlein, wie man so schön sagt. Das war das einzige fröhliche Geräusch, das es hier gab. Draußen sah es aus wie in einer zweiten Küche, mit einer Badewanne, seiner Wäsche, einem Wassereimer, der an einem Ast hing. Es hatte gerade geregnet, und die Luft glänzte. Der Bach. Der Himmel. Der unvollständige Bogen eines Regenbogens, der mit dem Zenit verschmolz. Sie sprachen über die Rindfleischpreise. Prahlten, aber keiner hörte dem anderen zu. Er legte ein Stück Torf auf das Feuer, das nicht brennen wollte. Nicht einmal ein Fünkchen. Der Himmel war die pure Farballee. Die Welpen fiepten. Ich sagte, erinnert ihr euch noch an die süßen Pflaumen, die er uns zur Erntezeit gegeben hatte? Lil hatte ihn mit einigen gegrillten Hühnchen bestochen. Er hätte seine eigene Großmutter verkauft. Und doch hatte er sich auch ein wenig auf Freiersfüße begeben. Er hatte einmal einen Wettbewerb für Radfahrerinnen organisiert und es so manipuliert, daß seine Favoritin Tilly gewann. Es war ein großer Tumult, kreischende Damen, surrende Speichen, verhedderte Schutzbleche, und er selbst schrie völlig unverfroren: »Schneller Tilly, schneller.« Ich vermute, daß nun im Herbst andere junge Mädchen mit Körben in seinen Obstgarten kommen, mit denen er ein bißchen schäkert und Spaß macht. Schatten der Vergangenheit.

»Es werden noch mehr Kriege kommen«, sagte er, erhob sich und gab uns den Wink, nun zu gehen. Er warf den Welpen die Haut des Hechtes zu, diese rührten sich zwar nicht, streckten aber ihre kleinen dünnen rosa Zungen heraus, um sie abzulecken. Sie glitzerte, als sie von der Gabel hing und dann durch die Luft flog. Sie sah aus wie ein Fliegenfänger, an dem Fliegen klebten. Wir schüttelten uns die Hände, aber er brachte uns nicht nach draußen.

Der Taxifahrer hupte und war wütend, weil man ihm keine Erfrischung angeboten hatte. Boß und ich saßen hinten, hüllten uns in Schweigen. Wir rückten immer weiter auseinander, bis wir jeder an einem Fenster saßen, gegen das wir unsere Gesichter preßten. Auf einem Schild stand UNBEFESTIGTER RAND AUF DEN NÄCHSTEN ZWEI MEILEN. Braune Felder, braune, versunkene Hekken, die Dunkelheit kroch von der Wiese empor, ein bißchen Jagdstimmung, wenn ein jaulender Hund hinter dem Auto herjagte und mit einem der unverständlichen erstklassigen Flüche des Fahrers bedacht wurde.

Es gibt keinen Zauber, keine Heimkehr, kein Händeschütteln, keinen Pokal. Ach, meine kleinen Tiere, euer Los ist die Abgeschiedenheit.

Und doch ist die Reise nicht ohne Verlockung, nicht ohne Herausforderung, nicht ohne Anreiz. Wenn ich zu einer Kreuzung komme und den Weg vor mir sehe, die Büsche und die kleinen braunen Vögel, das Fort in der Entfernung, dann frage ich mich, muß ich das jetzt tun? Und mich ergreift ein schreckliches Fieber, und ich gehe unabsichtlich weiter, als ob ich dem Klang von Jagdhörnern folgte. Und oft ist es nur das Kläffen der Köter. Die Blumen auf dem Feld kommen mir in den Kopf, ebenso die Blüten, die an den Hecken hängen. Ich spreche mit ihnen, mit den Herden, den Menschen und freue mich auf den Gedanken an ein warmes Gasthaus mit Weizenbrot und vielleicht eine Himmelfahrt.

Ich bin nun wach und mache Lockerungsübungen. Zum Teufel mit dem Schlaf und den Schlangenlinien der Dämmerung. Ich habe ein merkwürdiges Gefühl, eine Zuneigung zu allen Dingen, ganz besonders zu frostigen Tagen, Väterchen Frost. Die winterlichen Baumkronen, die wispern und nachdenken, der Himmel, der einen kalten Sonnenaufgang verkündet. Ich habe das schöne Gefühl, das man nach der Genesung hat, die Glieder sind schwach, der Kopf ist noch leicht schwindelig, aber das Schlimmste ist vorbei, das grausige Fieber ist überstanden. Oh Lamm Gottes. Oh Morgenstern. Oh, Connemara, oh, süße malvenfarbige vergessene Hügel, bleibt bei mir, wartet.

Ich ging ahnungslos nach unten, um die Zeitung zu holen und die verschiedenen Wurfsendungen aufzuheben, die hier ankommen, da sah ich es. Ein Telegramm aus Übersee, an mich adressiert. Was für ein Schock! Als hätte sich das armenische Ziegenfell mit seinem Besitzer, der Ziege aus dem Himalaja, wieder vereint, liefe hier umher, wobei die Schrotkugeln direkt vor meinen Augen braun und zermatscht herausflögen. Ein *fait accompli.* »Wir kommen Freitag morgen zurück.« Sie habe die Feuchtigkeit nicht vertragen. Blöde Kuh. Sie schrieb, daß ich besser am Samstag anrufen sollte, weil sie den Freitag brauchen würden, um auszuschlafen und sich wieder einzuleben. In anderen Worten, ich soll abhauen. Das ist nur verständlich. Sie wollen nicht in ihr eigenes Haus zurückkehren und mich zusammengerollt am Feuer vorfinden, oder auf dem Sofa, oder Gassenhauer singend am Klavier. Wenn sie mich hier vorfinden würden, wäre es mein Haus. Ich könnte natürlich das Haus besetzen oder mich ihrer Gnade ausliefern. Ich könnte sagen, daß ich nirgendwohin kann. Ich könnte sie anflehen. Aber der Gedanke an eine solche Demütigung ärgert mich. Diesen Ort hier zu meinem Nabel zu machen, um Krumen zu betteln, an vertrockneten Zitzen zu saugen. Sie werden mich am Samstag nicht zu Gesicht bekommen, wir werden keine kleine Plauderei über das Inventar des Hauses abhalten, über die zerbrochenen Gegenstände, den Eßzimmertisch, die geklebte Zukkerdose, die vulgären Graffiti und die Kognakschwenker, die so freudig von ihren Stielen getrennt wurden. Moriarty, *nota bene.* Ich werde von jetzt an nur noch selten an ihn denken. Vorbei, vorbei.

Das Gute wird oftmals mit dem Rest beerdigt ... Zum Beispiel Flaggler, der nicht länger zu meinen Bekannten zählt, und diverse Leute, mit denen ich Wanderungen unternehmen wollte, denen ich Hingabe versprach. Oh, ihr Schatten der Liebe, Rausch der Liebe, Vorgeschmack der Liebe, Tropfen der Liebe, aber noch immer nicht die wirklich echte Liebe.

»Vorbei, vorbei«, scheint alles zu sagen, zu rufen, die Spiegel, die Stangen, der silberne Kakadu, der wunderschöne portugiesische Messingleuchter, den ich mitgehen lassen wollte, es dann aber doch nicht tat. Sogar die alte »Sofortige Demut« ist mißmutig. Vorbei, vorbei. Aber vielleicht bin ich es auch, die das sagt. Ich fühle schon eine solche Abneigung gegen diesen Ort, solch eine Abscheu, solch einen Widerwillen. Rachegefühle gegen dieses Dach, unter dem es so wenig gute Vorzeichen gab. Oh, die Feuerproben des Lebens, die fremden Breiten, oh, goldene Vögel, unbesonnene Tränke, Gifte, Elixiere, laßt mich wieder teilhaben. *Au revoir,* Tig, *au revoir,* Jonathan, *au revoir,* Boß und Lil und alle Seelengefährten, leckt euch selbst. Ich war lange genug belastet. Es ist Zeit, daß die Erinnerungen verlöschen.

Froh, zu froh, gehe ich fort. Ich weigere mich, meine Lieblingsgegenstände zu berühren oder irgendeinen poetischen Abschied vorzunehmen. Die Harfe, die einst in Taras Hallen erklang, schweigt, ist verstummt. Es wird bestimmt eine Zeit kommen, in der ich gerne an all das zurückdenke. An die große Speisekammer, die Aufregung über Besucher, die Abende mit den Lampen, die leeren Zimmer, die ich so gewissenhaft gelüftet habe, den einen kleinen Raum, in dem ich saß und der drohenden Stille zuhörte, den kleinsten Geräuschen, und, wenn auch nur am Rande, die allerschönsten, gesündesten Stunden verbrachte.

Oh, Morgenstern, oh unsicherer Pfad, oh, Schutzengel der Herumtreiber, gib uns Augen, reich uns die Hand, laß uns an einer anderen Küste lagern, laß uns ein bißchen leben, bevor uns die schreckliche, alles umfassende Dunkelheit verschlingt ...

Die Deutsche Bibliothek - CIP-Einheitsaufnahme

O'Brien, Edna:
In langen Nächten : Roman / Edna O'Brien. Aus dem Engl. von Momo Edel. - Hamburg : Rotbuch Verlag, 1998
Einheitssacht.: Night ‹dt.›
ISBN 3-88022-685-7

Originaltitel: »Night«, übersetzt nach der Ausgabe
von Farrar, Straus & Giroux, New York 1987

Umschlaggestaltung: Groothuis + Malsy, Bremen
unter Verwendung des Bildes von Eugène Delacroix »Femme nue allongée sur un lit«
Herstellung: Das Herstellungsbüro, Hamburg
Satz: H & G Herstellung, Hamburg
Druck und Bindung: Clausen & Bosse, Leck
Printed in Germany

ISBN 3-88022-685-7